Rainer Bressler, Jurist im Ruhestand und Schriftsteller, geboren 1945, ist Schweizer und lebt in Zürich. In den Jahren 1980 bis 1993 profilierte er sich als Hörspielautor, dessen Hörspiele von Radio DRS produziert und ausgestrahlt wurden.

Bisherige Veröffentlichungen:

7 Hörspiele:
Tom Garner und Jamie Lester; Morgenkonzert; Folgen Sie mir, Madame; Aufruhr in Zürich; Nächst der Sonne; Geliebter / Geliebte; Gaukler der Nacht; Beinahe-Minuten-Krimi
Produziert und ausgestrahlt in den Jahren 1979 bis 1993

Geliebter / Geliebte. 8 Hörspiele, Karpos Verlag, Loznica 2008

Privatzeug 1856 bis 2012. Versuch einer Spurensuche, 5 Bände:
Spur 1 Reisen; Spur 2 Spielen; Spur 3 Schreiben; Spur 4 Dichten; Spur 5 Weben
BoD 2012 bis 2016

Pink Champagne, satirischer Liebesroman, BoD 2020
Schattenkämpfe, Roman, BoD 2020
Kraut & Rüben, Kurzgeschichten, BoD 2020
Reise-Impressionen, Erzählungen, BoD 2020
Fenstersturz, Krimi-Satire, BoD 2020
Gärung,satirischer Gesellschaftsroman, BoD 2020
Texturen, Krimi-Satire, BoD 2020
Axthieb, Krimi-Parodie, BoD 2021
Spassvogel, Novelle, BoD 2022
Theaterstücke, Band I bis …, BoD 2020

Rainer Bressler

Theaterstücke Band IV

Quartett der Überlebenskünstler

HENRY FUSELI

VITA UND VIOLET

COLE PORTER

HANS GÜNTHER B.

4 Theaterstücke
mit historischem Hintergrund

© 2022 Rainer Bressler

Lektorat und Korrektorat: Rainer Bressler
www.rainerbressler.ch
Umschlagbild: Rainer Bressler, Vernetzungen, Zeichnung
1984 auf Landkarte, Illustrationen (Füssli-Werke) mit
Genehmigung des Kunsthauses Zürich aus dessen Link

Aufführungsrechte beim Autor

Herstellung und Verlag: BoD – Books on Demand,
Norderstedt

ISBN: 978-3-7562-0627-8

Bibliografische Information der Deutschen
Nationalbibliothek:
Die Deutsche Nationalbibliothek verzeichnet diese
Publikation in der Deutschen Nationalbibliografie;
detaillierte bibliografische Daten sind im Internet über
http://dnb.dnb.de abrufbar.

HENRY FUSELI

Theater-Fantasie
mit historischem Hintergrund
samt Vor- und Nachspiel

Im Zentrum dieser Fantasie in Form eines Theaterstücks über vergangene Zeiten stehen ein politischer Skandal, der 1762 Zürich erschüttert, und der Maler und Überlebenskünstler Johann Heinrich Füssli, geboren in Zürich 1741, gestorben in London 1825. Das Stück spielt in drei verschiedenen Zeitebenen und zwei Orten: im Zürich, der Gegenwart, im London um 1780 und im Zürich von 1762. Die Geschichte basiert auf tatsächlichen Ereignissen, wird jedoch im Interesse einer intimen Anschaulichkeit jenseits der biografischen Fakten der genannten historischen Persönlichkeiten frei und offen nachempfunden, erfunden und erzählt. Der gleiche Stoff war bereits Gegenstand des 1986 im von Radio DRS produzierten und ausgestrahlten Hörspiels ‚Aufruhr in Zürich' des Autors gewesen.

Das Stück ist frei zur Uraufführung

Johann Heinrich Füssli, Bodmer und Füssli vor der Büste Homers,
1778 – 1780, Öl auf Leinwand, 163 x 150 cm, Kunsthaus Zürich

Personen	Mann 1 / Fuseli / Füssli
	Sophia / Phoebe
	Hess / Mann 2
	Bodmer / Vater
	Lavater
	Escher / Abwart
	(gestrenge Männer-) Stimme (*aus dem Off*)

Ort und Zeit	Zürich in der Gegenwart / London 1790 / Zürich 1762

Vorspiel

Mann 1 und Mann 2

Zürich der Gegenwart..

Mann 2	Boy o boy you've got a problem
	Du haben Problem
	Wenn du so schreien
Mann 1	(*schreiend*) Du spinnst
	Ich soll ein Problem haben
	Wo ich dir ausführlich schildere
	Wie gewisse Vorgesetzte
	An meinem Arbeitsplatz
	Mit ihren politischen Seilschaften
	Frisch frei und fröhlich
	Ihr Unwesen treiben können
	Profitieren wo sie nur können
	Ungerecht handeln
	In die eigenen Taschen wirtschaften
	Und wir uns nirgends
	Ernsthaft beschweren können
	Niemand unsere Klagen ernst nimmt –
	Lassen wir das Thema
Mann 2	Du Problem haben
	Dass du immer gleich müssen schreien
	Bestimmt hängen mit deinem
	Wie du es nennen
	Vaterkomplex zusammen
	Du haben Probleme mit Autoritäten

	Und du kürzlich in Florenz
	Bewundern David von Michelangelo
	Starker Mann mit starkem Körper
	Du lieben Männer
Mann 1	Mach mal halblang
	Du gehst zu weit
	Komm komm hören wir auf damit
Mann 2	Anstatt explodieren
	Kühl unter
Mann 1	Du meinst kühlen Kopf bewahren
	Wenn das so einfach wäre
	Wenn mir gewisse Dinge von früher
	hochkommen
	Dann –
	Neues Thema
	Was willst du heute unternehmen
	Was soll ich dir hier in Zürich zeigen

Mann 1 tritt an die Rampe und spricht für sich.

Mann 1	Meine Gotte aus Deutschland hatte
	Recht gehabt mit ihrem Spruch
	Gäste und Fisch stinken nach drei Tagen
	SIE ist dann immer
	Mindestens eine Woche bei uns geblieben
	ER geht mir langsam auf den Wecker
	Dabei ist er erst den zweiten Tag mein Gast
	Und ich mag ihn
	Doch dass er immer
	Auf diesen Themen herumreitet
	Nicht locker lassen will
Mann 2	Kunsthaus
	Ich will sehen Bilder von Henry Fuseli

Mann 1	(*zurück im Gespräch*) Von wem
Mann 2	Henry Fuseli
	Meist berühmt Maler von Schweiz
Mann 1	Wie sagst du
	Fu Fu Fus
Mann 2	Henry Fuseli
Mann 1	(*lacht*) Henry wie bitte
Mann 2	Grosser Maler von Schweiz
	Du tun nicht kennen ihn
	Das kann nicht sein wahr
	Henry Fuseli grösster Maler Schweiz
Mann 1	Du willst mich auf den Arm nehmen
Mann 2	Wozu ich wollen dich auf Arm nehmen
	Guter Himmel nein
	Du viel zu schwer
Mann 1	Keine Sorge
	Es ist bloss eine Redensart
	Wenn du mir einen Bären aufbinden willst
Mann 2	Bär aufbinden
Mann 1	Wenn du dich lustig machst über mich
	Mich glauben machen willst
	Dass es einen Fu Fu Fus und so weiter gibt
	Einen solchen Namen
	Habe ich noch nie gehört
	Es gibt ihn nicht
	Einen Moment lang
	Bin ich echt auf deinen Scherz reingefallen
	Habe tatsächlich geglaubt
	Dass es diesen
	ACH SO BERÜHMTEN Maler
	Fu Fu Fus und so weiter gibt
	Einen drolligen Namen
	Hast du dir da ausgedacht

Mann 2	Henry Fuseli existieren
	Provozieren Skandal in Zurich
	Riesigen Skandal
	Er verlassen Zürich wegen Skandal
Mann 1	Stop stop stop es ist nicht mehr lustig
	Echt
	Hätte es tatsächlich einen Skandal
	Um einen Fu Fu Fus und so weiter gegeben
	Müsste ich davon gehört haben
	Schliesslich lebe ich hier
	Weiss Einiges über meine Stadt
Mann 2	Sossig Geschichte
	Er malt nackte Männer
	Bestimmt gay orgie
	Skandal Skandal
	Und weg aus Zurich
Mann 1	Klar
	Früher war Schwulsein ein Problem
	Die Leute waren –
	Wart wart
	Wie buchstabierst du diesen Namen
Mann 2	Henry F u s e l i Fuseli

Mann 1 spielt an seinem Handy rum

Mann 1	Mich laust der Affe
	(*lachend*) ‚Johann Heinrich Füssli
	1741 in Zürich bis 1825 in London
	Der in England
	Als Henry Fuseli bekannt wurde'
	(*Wikipedia Zitat*)
	Füssli kenne ich selbstverständlich
	Man lernt nie aus

Mann 2	Du sehen
	Ich nicht etwas erfinden
	Du nicht sehen mit Google
	Was Art von Skandal
	Er war drin gewesen
Mann 1	Entschuldige
	Schau dir dieses Bild an

Mann 1 zeigt Mann 2 auf seinem Handy das Bild, das gross an die Wand parojiziert wird.

	‚Mrs Fuseli mit grossen Haarwickeln
	Und rosa Handschuhen
	Vor braunem Vorhang'
	Es ist ein Proträt seiner Frau
	Dein Mr Fuseli war also verheiratet
	Ein Mann der seine bessere Hälfte
	So süss reizvoll und allerliebst malt
	Kann unmöglich schwul gewesen sein
	Er stand klar auf Frauen
	Darauf kannst du Gift nehmen
	Nix mit gay orgie in good old Zurich
Mann 2	Doch seine Zeichnungen und Bilder
	Von primitive men
	Solche Muskeln solche asses
Mann 1	Ärsche
	Ich kann mich an seine Bilder
	Nicht erinnern
	Kann mir nichts daunter vorstellen
	Komm ab ins Kunsthaus
	Diesen Henry Fuseli
	Müssen wir uns antun
	Du hast mich total neugierig gemacht

Und der Skandal
Wir müssen mehr darüber wissen
Seine Frau Mrs Fuseli ist süss so süss
Schau sie dir an

Mann 1 winkt ab und beide laufen aus dem Bild, gehen weiter und weiter und weiter, Mann 2 im Schlepptau von Mann.

Mann 1   Mit dem Tram zum Pfauen
          Da das Kunsthaus
          Trepp auf Trepp runter
          Wo sind Füsslis Bilder
          Wo

Mann 1 und Mann 2 stehen vor Füsslis Bild „Die drei Eidgenossen beim Schwur auf dem Rütli stehen, für kurze Zeit vor Ehrfurcht schweigend.

Mann 1   ‚Die drei Eidgenossen
          Beim Schwur auf dem Rütli'
          Zu wissen wer der Mann war
          Der diesen Schinken malte
          Und aus welcher Situation heraus

Mann 1 bricht in ein Gelächter aus und Mann 2 sieht ihn fragend an.

Johann Heinrich Füssli, Mrs. Fuseli mit grossen Haarwickeln und rosa Handschuhen vor braunem Vorhang, 1790, Bleistift und Pinsel, laviert, aquarelliert und Deckweiss, 31, 6 x 19,7, Kunsthaus Zürich, Grafische Sammlung

Jugend und Dynamik sind
Heute letzter Trumpf.
Ist man allzu weit vom Kind
Gilt man rasch ‚am Rumpf'

Trotzdem bleibt es ein Gesetz,
Dass, was lebt und webt,
All in Wechsel und Gehetze
Aus dem Gestern lebt.

Hans Günther Bressler, „S.l. Rainer von seinem
‚Alten', Königsfelden, 30. September 1972"

Theater-Fantasie mit historischem Hintergrund

Szene 1

Fuseli, Sophia, Hess

*London 1790. Symbolisch öffnet sich der Vorhang und Mann 1
zieht etwas über, das ihn klar zu einem Mann von 1790 macht, und
tritt als Fuseli in sein Wohnatelier Mann 2 geht als Hess auf seinen
Beobachtungsposten, um unbemerkt die Szene zwischen Fuseli und
Sophia zu beobachten.*

Fuseli	Ich Mr Henry Fuseli
	London o London
	Wie ich dich liebe
	Du hast mir die
	Grosse Liebe beschert
	Meine süsse Sophia
	1790 ist mein Glücksjahr
	Mein Gemälde
	‚Thors Kampf mit der Midgardschlange‘
	Wird als Diplomarbeit
	Der Royal Academy angenommen
	Ab dato bin ich Schriftsteller
	UND Maler
	Juheee
Hess	Beachten sie mich nicht
	Ich bin der Felix Hess
	Geboren 1741 in Zürich
	Der Heiri
	Mein Kumpel von ehemals

Soll jetzt im fernen London leben
Und es sogar zu Ehren und Würden
Gebracht haben
Ich muss mein Augenmerk
Auf alles richten
Was über Heiri bis hieher nach Zürich
Durchsickert
Scharf beobachten
Was unser lieber Heiri in London treibt
Man hört da Dinge
Was in London so alles läuft
Das kann man sich bei uns in Zürich
Schlicht nicht vorstellen

Neuer Fokus – Fuseli wendet sich seiner Staffelei zu und richtet sein Augenmerk auf Sophia, die ihm seltsam aufgetakelt (entsprechend dem Bild ‚Mrs Fuseli mit grossen Haarwickeln und rosa Handschuhen vor braunem Vorhang') Modell sitzt, doch nicht ruhig sitzen will und fröhlich plappert. Fuseli ist ins Malen versunken.

Fuseli	Das allersüsseste Gesicht
	Deine Augen deine Augen
	Das Leuchten das Verschmitzte
	Deines Blickes einzufangen
	So und so und hier
Sophia	Sobald Joshua genügend getrunken hat
	Wird er sehr gesprächig
	Ich habe so gelacht
	Wie er erzählt hat
	Als Angelika Kauffmann ihm
	Dich vorgestellt hatte
	Wie du da vor ihm gestanden hattest

	Wie ein kleiner Schulbub
	Und stotternd die Namen von Goethe
	Winkelmann und Co.
	Hattest fallen lassen
	Um den grossen Meister
	Joshua Reynolds zu beeindrucken
	Diesen berühmten Mann
	Der dein Vater hätte sein können
Fueli	Schliesse schön dein Mündchen
	Neige dein Köpfchen
	Ich will muss MUSS
	Die Mundwinkel
	Diese Linien
Sophia	Du musst schon immer
	Ein abgefeimtes Bürschchen
	Gewesen sein
	Klar dass der
	In London noch unbekannte Schweizer
	Sich an die berühmte
	Angelika Kauffmann
	Mitbegründerin der Royal Academy
	Und berühmte Porträtistin
	Heranmacht
	Um ein Beziehungsnetz zu weben
Fuseli	‚Berühmte‘ Porträtistin
	Du forderst mich heraus
	Als du mir noch Modell gesessen bist
	Noch nicht Mrs Fuesli warst
	Hattest du noch gewusst
	Dass ein Modell ruhig zu sitzen hat
Sophia	Damals hatte ich
	Fürs Modell Sitzen
	Auch etwas bekommen –

	Angelika Kauffmann
	Ist nun mal
	Eine der besten Proträtistinnen
	Und Historienmalerinnen unserer Zeit
	Und IHRE Bilder gehen weg
	Wie warme Semmeln
Fuseli	Kunststück
	Wo sie so hübsch gefällig malt
Sophia	Schöne Bilder
	Wäre hübsch
	Wenn auch deine Bilder
	Einige Guineas mehr
	In unsere Haushaltskasse spühlen würden
Fuseli	Es widerstrebt mir gefällig zu malen
	Ich kann es nicht
	Ich muss mein Ding machen
	Es geht ums künstlerische Überleben
	Meine Bilder in der Shakespeare Gallery
	Sind ein riesiger Erfolg
Sophia	In Fachkreisen
	Nicht bei potentiellen Käufern
Fuseli	Ich bin nun mal nicht der Typ
	Der nach einem superreichen Mäzen lechzt
	Um unter dessen Diktat
	Sklavisch gefälliges Bild
	Nach gefälligem Bild zu produzieren
	Falls du dir einen bei den Leuten
	Erfolgreichen und Geld scheffelnden
	Ehemann gewünscht hast
	Hättest du nicht
	Auf mich reinfallen
	Und mich heiraten dürfen –
	Jetzt konzentriere ich mich

Auf die Milton Gallery
Die super werden wird
Ich spüre es
Mir wird ein
Jahrhundertewerk gelingen
Die Welt
Die Fachwelt wird staunen

Sophia   Nichts gegen deine Historienbilder
Du weisst dass ich sie
Ganz toll finde
Doch ab und zu ein Porträt

Fuesli   Diese Sparte besetzen andere
Und viel besser als ich es könnte
Und mich beim Adel
Und den Reichen und Schönen anbiedern
Nein danke
Dafür bin ich mir zu schade
Und letztlich leben wir nicht schlecht
Mit Schreiben und Malen
Verdiene ich genügend zum Leben
Und habe doch schon
Etliche Subskribenten
Für meine Bilder
Für die Milton Gallery gefunden

Sophia   Ich dachte bloss
Ich sage ja auch nichts

Fuseli   Eben
Das ist ja auch nicht zu überhören –
Du bringst mich ganz draus
So kann ich mich nicht konzentrieren
Gut ich gestehe
Ich kann mit Angelikas Bildern
Nichts anfangen

	Genau so wenig
	Wie sie mit meinen Bildern anfangen kann
	Doch als Menschen mögen wir uns
	Wir lieben uns
	Angelika und ich
Sophia	Ui ui ui
Fuseli	Ihr Vater war mit meinem Vater befreundet
	Wir kennen uns
	Wie man sich eben kennt
	Zudem ist sie jetzt in Rom –
	So jetzt musst du …

Fuseli legt seinen Zeichenstift ab, geht auf Sophia zu und rückt sie zurück in die Pose, wie er sie haben will und das Bild bedingt.

Fuseli	Halte seine Klappe
	Untersteh dich deinen Mund zu öffnen
	Mit deinem Plappern
	Störst du ein Kunstwerk

Sophia hält einen Moment lang still. Fuseli zeichnet. Dann beginnt Sophia mit zusammengepressten Lippen wieder zu reden.

Sophia	Erstaunlich wen du alles kennst
	Dein Beziehungsnetz
	Kunststück
	Mein geliebter Mr Fuseli
	Ist der charmanteste Salonlöwe
	Den man sich denken kann
Hess	Heiri und charmant
Fuseli	Klappe
	Wenn du nicht endlich still sitzst
	Kann ich dich nicht …

Hess	Halt halt
	Eine charmante Seite hatte er auch
	Doch war er auch
	Der unverschämte Hitzkopf
	Der lachend eingestand
	Kein Strohfeuer entfachen zu wollen
	Doch einen Flächenbrand
Sophia	Joshua liebt dich wie einen Sohn
Fuseli	Mündchen zu
	Pssssst
Sophia	Und du in der Royal Academy
Fuseli	Psssst
Sophia	Das gibt Auftrieb
	Deine Bilder werden sich
	Besser verkaufen
Fuseli	Mein unverbesserlicher Schatz

Fuseli legt seinen Stift wieder beiseite, geht auf Sophia zu und will sie wieder in ihre Pose zurück rücken, doch sie strahlt ihn an und er erliegt ihrem Liebreiz und die Beiden stehen kurz vor einer Umwarmung. Gleichzeitig verdämmert die Szenerie, der Fokus ist auf Hess und es kündigt sich eine Verwandlung der Szenerie an. Hess wechselt seine Kleidung zu der eines jungen Mannes von 1762 in Zürich.

Hess	Der damals freche Geselle
	Scheint häuslich geworden zu sein
	Wenn ich mich erinnere
	Wie er sich damals
	Hatte mit Gott und der Welt
	Anlegen können
	Und erst noch stolz darauf gewesen war
	Damals in Zürich

Vor beinahe 30 Jahren

Wie Füssli den Escher

Ausgerechnet den Escher

Den man unbedingt nicht provozieren sollte

Frech und unverschämt provoziert hat

Wegen eines Frauenzimmers

Wir hatten damals gerade

Unsere Studien abgeschlossen gehabt

Lavater Füssli sind nun Pfarrherren

Stolz auf ihre Positionen als Männer

Die in der Stadt etwas zu sagen hatten

Der Heiri ist bekannt

Für seinen frechen und vorwitzigen Mund

Entsprechend gespannt

War man in der Stadt

Auf seine Antrittspredigt als Pfarrer

Doch irgendwie kommt seine Art

Bei den Leuten

Nicht wirklich an

Heiri ist zu aufmüptig

„Der Künstler verzweifelnd vor der Grösse der antiken Trümmer",
1778–1780, Kunsthaus Zürich

Szene 2

Alle

Strasse in Zürich 1762. Hess, Füssli und Lavater spazieren durch die Stadt.

Hess   (*erklärend*) Füssli Lavater
                    Und ich sind unterwegs
                    Schönstes Frühlingswetter
                    Der Frühling 1762
                    Kann in die Annalen eingehn

In der Ferne taucht Escher auf.

Hess   (*in der Szene, zu den andern*) Oje
                    Dort kommt der Escher
                    Machen wir uns dünn
Füssli   Weshalb
Hess   Ich verstehe nicht
                    Was du
                    An diesem verwöhnten Schnösel
                    Und Prahlhans findest
                    Escher und seinesgleichen
                    Sind für unsereiner
                    Eine Klasse zu hoch
                    Kaum seid ihr bei einander
                    Streitet ihr euch
                    So peinlich

	Diesem Getue zuzuschauen
Füssli	Irgendwie mag ich ihn
	Er bezeichnete mich jüngst
	Als seinen Freund
	Und Streiten hält den Geist wach
	Ich verstehe nicht
	Was du dagegen hast
Lavater	Wollen wir uns nicht
	Wieder vernünftigen Themen
	Zuwenden

Escher kommt beschwingt und fröhlich auf Füssli, Lavater und Hess zu.

Escher	Gott zum Grusse liebe Freunde
	Ui ui ui
	Die Heiligenscheine
	Um die Birnen von
	Lavatern und Füssli
	Jetzt seid ihr endlich gemachte Männer
	Und geltet etwas in unserer Stadt
	Ihr seid ja durchaus ordentliche Leute
	Und auch zu etwas zu gebrauchen
	Selbst wenn ihr
	Besonders du Füssli
	Bisweilen euch
	Etwas ungehobelt gebärdet
	Und Euch der letzte Schliff fehlt
	Das Raffinement der feinen Lebensart
	Die ich ohne mein Dazutun
	In die Wiege gelegt bekommen habe
	Glück auf
	Auf fröhliches Gelingen

Doch Freund Füssli

Hat man mir berichtet

Dass DEINE Antrittspredigt

Nun –

O der verehrte

Professor Bodmer

Kommt dahergewandelt

Und kreuzt unseren Weg

Bodmer stösst auf die Gruppe der jungen Männer.

Escher   Verehrester Professor Bodmer

              Meine Referenz

Füssli   (*lacht*) Professor

              In meiner Tasche

              ‚Romeo und Julia' beinahe

              Fertig übersetzt

              Ich schwelge in

              Skaespeares Worten und Geist

Bodmer   Tüchtig tüchtig Füssli

              Doch vergessen sie

              Ob des Übersetzens die Bibel nicht

              Die sie nun verkünden dürfen

Füssli   Sie Herr Professor

              Haben uns gelehrt

              Die Werke der Alten

              Homers Dantes

              Shakespeares und Miltons

              Zu lesen

              Und wir leben auf im Wissen darum

              Was die Alten geschaffen haben

              Und verzweifeln bisweilen

              Ob der verrohten Sitten heute

Die unsere Gemeinschaft bedrohen

Am Horizont schwebt Phoebe auf die Erden nieder. Sie steht am Rand und scheint vorerst die Gruppe der Männer nicht zu beachten. Escher wird als Erster auf sie aufmerksam, dann sehen auch Hess und Lavater zu ihr hin. Zuletzt auch Bodmer, der sogleich seine Kosequenzen zieht. Phoebe beginnt mit ihrem Monolog und zwinkert dabei den jungen Männern zu.

Bodmer   Da bin ich überzählig. (*ab*)

Phoebe   Ich bin Phoebe

           Das Weibsbild

           Das alles durcheinander bringt

           (*während des Gedichts erklingt Sphärenmusik*)

           Ich bin der Geist der Zeit

           Und wandle jed und alles

           Wer mich erfasst

           Und in mir keimt

           Dem wird das Leben schönstes Spiel

           Doch wer mit seiner Macht

           Mir die Stirn will bieten

           Den überzieh aus unsichtbarer Kraft

           Ich mit Erstarrnis

           Die jeden Keim erstickt.

           Liebst du das Leben

           Folge mir

           Ich bin in dir

           Und du schenkst dir das Leben.

           Wess Sein Notwendigkeit und Liebe ist

           Dess Leben ist im Innersten beseelt

           Von jenem Funken Göttlichkeit

           Der jedem Ding den Sinn verleiht

           Dies Pfand von seinem Schöpfer

Befruchtet den Betrachter
Schlägt Brücken zwischen aller Zeit
Und ist Essenz von dem, was bleibt

Die Jungen Männer recken ihre Hälse nach der unbekannten Schönen, die wie ein sanfter Frühlingswind und aufreizendem Blick vorüberzieht. Escher bemerkt, wie Füssli die holde Schöne anstaunt. Füssli bemerkt, wie Escher ihn ertappt hat und wird verlegen, errötet. Hess verfolgt die Szene mit sorgenvoller Miene.

Hess	Ich glaube
	Lavater und Füssli
	Wir sollten weiter gehen
	Escher es hat uns gefreut dich …
Escher	Ein Blick auf einen Quell der Lust
	Augenblicklich hochroter Kopf
	Ist unser lieber Füssli nicht drollig
Füssli	(*heftig*) Dein Spruch fehlt noch
	Als Mann der Bibel und der Kirche
	Solltest du deinen Blick
	Gefälligst dem Himmel zuwenden
	Und nicht
	Den vom Himmel gesandten Engelchen
Escher	Du legst mir exquisite Worte in den Mund
	Pfaffe Füssli
Füssli	(*laut*) Und du begreifst nicht
	Worum es geht
Escher	Mmmmmmm diese Heftigkeit.
Escher	Dein Geschrei Füssli
	Verscheucht jeden kultivierten Menschen
	Wer etwas auf sich hält
	Schreit nicht
	Nicht wahr Hess

Hess	Die dort
	Steht immer noch dort an der Hausecke
	Und schaut zu uns rüber
Escher	Schiss Hess
	Die schöne Demoiselle zwinkert mir zu
Füssli	Sie lacht dich aus und zwinkert MIR zu
Hess	Oje habt IHR Probleme
Escher	Ich werde sie erobern und besitzen
Füssli	*(freudig-benommen)* Ihr Anblick wühlt mich auf
	Ich bin wie gelähmt
Escher	Du bist mir
	Glücklicherweise keine Konkurrenz
	Mit deinen Glotzaugen deinem kleinen Wuchs
	Und deiner Tollpatschigkeit
	Halte dich ans Pfaffentum
	Für das süsse Leben bist du nicht geschaffen
Hess	Escher
Escher	Ich bin objektiv
	Der Füssli ist kein schöner Anblick
	Zumindest nicht für das schöne Geschlecht
Füssli	Sie ist ein Engel aus dem schönsten Paradies
Escher	Sagen wir: viel schöner als ein Glückspiel
	Schöner als meine Pistolen
	Und beinahe so schön wie mein Pferd *(lacht)*
	Bevor du dich aufgerappelt hast
	Ist sie schon mein
Hess	Escher Füssli macht keine solchen Faxen
	(erschreckt) Jetzt grüsst sie sogar mit Nicken
	Kommt wir hauen ab
Escher	Gibt es einen galanteren Kavalier als mich
Füssli	Ich ich ich habe sie erfasst
	Sie zu berühren ihren Atem zu spüren
	Neues Leben von ihr zu empfangen

Escher	Und während er dies sagte
	Überflog ein seliges Lächeln sein Gesicht
	Z z z und das soll mir ein Pfaffe sein
	Wo bleibt ihre Moral Monsieur Pfaff
	Komm Hess
	Wir gehen zu der schönen Demoiselle hin
	Und grüssen sie artig
	Und laden sie zu Schokolade ein
Hess	(*entsetzt*) Neineinein
Füssli	Ihre Seele hat meine Seele berührt
Escher	Kurios eure Seelenwanderungen
	Ich halte mich lieber an die gängigen Schritte
	Nette Komplimente Avancen Aventüren
Füssli	(*in plötzlicher Wut*) Schweig
	Du mit deiner Arroganz der Besitzenden
	Abscheulich wie du auf das Leben blickst
Hess	Füssli
	Braus nicht schon wieder auf
	Wir sind Freunde
	Wollen uns nicht entzwein
	Und erst noch wegen eines Weibsbilds
Escher	Mit Füssli streite ich mich gern
	Nicht wahr Füssli
	Streit hält die Beziehung wach

Phoebe verschwindet.

Hess	(*erleichtert*) Jetzt ist sie weg
	Haben wir wieder einmal Glück gehabt
Escher	(*nebenher*) Sie entwischt mir nicht
	(*deklarierend*) Ich will, dass sie mein ist!
Füssli	Zu schön der Traum
	Es hat nicht sollen sein

Escher	Kommt in die Schenke
	Darauf müssen wir eins saufen
	Ich lade euch ein
	Wir müssen uns unbedingt
	Weiter unterhalten
	Über das was wichtig ist im Leben
	Weisst du überhaupt Hess
	Was es heisst seinen Kopf zu verlieren
	Wegen eines Frauenzimmers
	Mir passiert's
	Ich weiss nicht wie mir geschieht
	Beinahe allen passiert's
	Sogar dem Füssli passiert's
	DEM wahrscheinlich nur
	Weil es ach so schick ist
	Seinen Kopf verlieren
	In seiner ungehobelten Art
	Ist er einer echten delikaten subtilen
	Aventüre gar nicht fähig.
Hess	Weshalb
Escher	Ich bin ein Mann von Welt
	Seit Jahrhunderten sind wir die Eschers
	Die die das Sagen in der Stadt
	Und im Land haben
	Jede Frau die mit mir ein Techtelmechtel hat
	Weiss dass aller Augen auf sie gerichtet sind
	Dass meine Aufmerksamkeit sie auszeichnet
	Und dass sie in die Geschichte eingeht
Hess	Weil sie dich erschlagen muss
	Dass du endlich aufhörst
	Noch mehr Spielschulden zu machen
Escher	(*lacht*) S'ist à la mode
	Die die Menschen wie ich bestimmen

Doch jetzt kommt der Clou
Du gibst bloss vor deinen Kopf zu verlieren
Dein Verstand steht in Wahrheit nicht still
Stünde er still wäre alles verloren
Das Verlieren des Kopfs als hübsches Spiel
Während man tatsächlich
Kühlen Kopf bewahrt und
Jeden seiner Schritte gut plant
Schliesslich will ich Obrist werden
Botschafter Zunftmeister Ratsherr
Landvogt was du willst
Funktionen in der Öffentlichkeit
Die zum Wohl unserer geliebten Stadt Zürich
Etwas beitragen
Und dich in die Geschichte
Und in gescheite Bücher eingehen lassen
Damit auf deinem Büchergestell
Auch wichtige Werke stehen
Neben all dem Schöngeistigen
A la Oden deines geliebten Klopstock
Dantes ‚Die göttliche Komödie'
Miltons ‚Das verlorene Paradies'
Shakespeares ‚Romeo und Julia' und

Hess	Nein letzteres nicht
Escher	Deine Schwäche ist
	Dass du deinen Weg noch nicht gefunden hast
	Wenn du dich nur dazu bequemen wolltest
	Deine Vorbilder richtig auszuwählen
	Füssli du schweigst
Füssli	Ich höre zu
Escher	Zugegeben es mag reizvoll sein
	Wie du gegen den Strom zu schwimmen
	Doch ist der Lohn nie den Aufwand wert

Dabei kann man sich
Recht ‚unkonventionelle' Dinge leisten
Ohne gegen Anstand
Und Comment zu verstossen
Wenn man es geschickt anstellt
Ich verprasse das Geld meines Vaters
Bei Glückspielen mit modischen Kleidern
Waffen Pferden und Weibergeschichten
Mein ach so bescheidener Vater
Schimpft mild mit mir
Und zwinkert dabei mit einem Auge
Denn schliesslich kann sich nur jemand
Der Macht Geld und Einfluss hat
Einen so ‚missratenen' Sohn leisten
So werde ich gleichsam zum Aushängeschild
Für die Macht meines Vaters
Trete in seine Fussstapfen
Und alles löst sich in Minne auf
Denn wegen meines Verhaltens
BENÖTIGE ich ihn dringendst
Was ihn wiederum stolz auf sich
Und auch auf mich macht
Und da kommen wir nach
Der Regel Eins die besagt
Nie seinen Kopf zu verlieren
Zur Regel Zwei die besagt
Wenn du erfolgreich ins Leben starten willst
Stelle nie die Notwendigkeit
Der Mächtigen in Frage
Schliesslich fällt immer etwas für dich ab
Wenn du dich wohlverhältst
Augenzudrücken kannst
Und deine Klappe hältst

	Und der Mächtige
	Dem du dich unterordnest ist älter als du
	Bald bald mit etwas Geduld
	Wirst du ihn beerben
	Und der ganze Bettel
	Angefangen beim Geld bis hin zur Macht
	Wird dir gehören
Füssli	Freund Escher.
Escher	Ja ja schüttle bloss deinen Kopf
	Und grinse
	Die Verhältnisse sind nun mal so
	Wie sie eben sind
	Und sie gestatten bloss Dinge
	Die mit ihnen im Einklang sind
Füssli	Ich verstehe selber nicht
	Weshalb ich nicht total ausraste
	Bei dem Mist den du herumposaunst
Hess	Füssli
Escher	Ja ja Freude Spass Allotria Lachen
	Sind immer möglich
	Wenn man bloss blöd daherredet
	Und im nächsten Haus
	Echt süffiger Klevner winkt
	Kommt Freunde
	Jetzt geht's um die Wurst
	Ob wir ein zwei oder drei Boutillien Klevner
	Saufen mögen
	Ich lasse mich nicht lumpen
	Selbst wenn ihr sechs Boutillien säuft
	Und ach deine Oden und Schreibereien
	Füssli sind echt hübsch
	Und zeichnen und malen tust du auch
	mit sehr viel Geschick

Doch jetzt bist du Pfaffe
Und deine Antrittspredigt
Nimms nicht zu schwer
Du hättest wissen sollen
Dass die Leute sich die Kappe
Nicht gerne waschen lassen
Ich werde dafür sorgen dass die Kirche
Künftig platschvoll sein wird
Wenn du predigst
Ich liebe deine nicht korrekten Ausfälle

Hess   Gehen wir zum Klevner
Danke Escher dass du uns freihältst

Füssli   (*schüttelt seinen Kopf*) Hess Hess
Merk dir eins
Dem Escher brauchst du nie zu danken
Er tut alles bloss für sich

Escher   Freund Füssli dafür lieb ich dich
Dass du nie ein Blatt vor den Mund nimmst

Füssli   Ja ja Escher
Solange du es nicht nicht auf die Spitze treibst
Bist du mir anregende Gesellschaft
Weil ich bei dir so Einiges
Darüber erfahren kann
Wie die Welt verschraubt ist
Und ich den von dir spendierten Klevner
Liebend gerne trinke

Escher   In meine Arme
Füssli du Wildsau

Szene 3

Fuesli, Sophia, Vater

Wohnatelier in London 1790. Anschliessend an das Ende von Szene 1. Sophia rennt davon. Fuesli ruft ihr hinterher. Aus dem Hintergrund beobachtet der Vater die Szene.

Fuseli	Das Küsschen war wunderschön
	Doch als Modell des Malers
	Solltest du wissen
	Dass das Modell dem Maler
	Nicht einfach davonlaufen darf
	Wart's nur ab Sophia Fuesli
	Dich fang ich wieder ein
Vater	Was die Jungen so alles treiben
	Da kann man bloss seinen Kopf schütteln
	Der Heiri mein Ältester
	Auf den ich alle meine Hoffnung gesetzt
	Und so sehr gewünscht hatte
	Dass er als Pfarrer
	Ein respektierter und angesehener Mann wird
	Ist unserem geliebten Zürich
	Jahrzehnte fern geblieben
	Schreibt und malt in London
	Doch seinen Kopf hat er
	Nicht ganz bei der Sache
	So kann kein gutes Porträt entstehen
	Ich spreche aus Erfahrung
	Konzentration und Disziplin

Fuseli rennt ebenfalls davon und zieht, als er wieder erscheint,

Sophia hinter sich her und hält eine Flasche Champagner und zwei Gläser in der Hand. Dann öffnet er die Champagnerflasche. Die Beiden prosten sich zu.

Fuseli	Was trinkst du lumpigen Tee
	Das hier beflügelt die Sinne
	Und macht dich für den Künstler
	Zum begehrten Modell
	Prost
Vater	Hat man da noch Worte
Sophia	Cheers
Fuseli	Doch dann gleich wieder
	Still gesessen dort
Sophia	Mein Champagner-Prinz
	Woher bloss hast du diese Leidenschaft
	Für dieses köstliche Getränk
	Habt ihr in deinem Zuhause
	In Zürich immer bloss
	Champagner getrunken

Der Vater schüttelt lachend seinen Kopf und verdreht die Augen.

Fuseli	Ach wo

Fuesli nimmt Sophia das Champagnerglas aus der Hand, stellt es zur Seite und rückt Sophia wieder in die Pose zurück, in der er sie porträtieren will. Dabei zerrt er auch an ihrem Kopfputz herum.

Sophia	O der Champagner
Fuseli	Später später
	Zuerst die Arbeit dann das Vergnügen
Sophia	Au du zupfst zu fest an meinen Haaren
	Willst du sie mir ausreissen

	Du Ungestümer du
	Hat deine Mutter dir
	Keinen Anstand beigebracht
Fuseli	Lass meine Mutter aus dem Spiel
Sophia	Wie ist sie deine Mutter
Fuseli	Ich vermisse sie
Sophia	Eine Redensart
Fuseli	Richtig
	Würde ich sie tatsächlich vrmissen
	Wäre ich längst zurück in Zürich
	Du hast wie immer recht
Sophia	Wie ist dein Vater
	Über ihn hast du noch nie ein Wort verloren
Fuesli	Er ist tot
Sophia	Wie war er gewesen
Fuseli	Okay er war okay gewesen
Vater	So so okay
	Er hasst mich mein Sohn hasst mich
Sophia	Erzähle
Fuseli	(*zunehmend heftig werdend, dann aber wieder*
	ruhig) Er ist kein Thema
	Halt endlich deine Klappe
	Sonst komme ich nicht vorwärts
	Keine Zeit zum Vertrödeln
	Mit alten Geschichten
	Ich sollte auch noch
	Meinen Vortrag für morgen vorbereiten
	Sophia mein Schatz mein Schmuskätzchen
Sophia	Wie war dein Vater gewesen
Fuseli	Willst du mir unbedingt
	Meine gute Stimmung versauen
Sophia	Aha der Vater ist also doch ein Thema
	Das dich noch immer umtreibt

	Sprich darüber sonst verfolgt er dich ewig
Fuseli	Du Plagegeist du
	Vater war wie Väter eben sind
	Bist du nun zufrieden
	Und nun halte still
	Wie war dein Vater gewesen
Sophia	Du lenkst ab
	Ich bin zu neugierig
	Ich möchte wissen
	Was du mir mit Bedacht verschweigen willst
	Lüfte das Geheimnis
Fuseli	Es ist alles etwas kompliziert
	Faktisch war da schon
	Der Vater gewesen
	Doch
	Ach ein andermal
Vater	Schau schau schau
	Der Herr Sohn mein lieber Heiri
	Geht darüber hinweg
	Wie viel Schweiss
	Und schlaflose Nächte
	Er mich und die liebe Mutter gekostet hat
Fuesli	Die Verhältnisse
	Alles war damals ganz anders gewesen
	Eine lange Geschichte
	Vorbei
	Mit etwas Glück
	Im schwarzen Loch der Einnerung
	Ersoffen
Sophie	Dein Interesse an Historie
	Scheint selektiv zu sein
	Betrifft die Historie dich dann …
Fuseli	Wer bin ich schon

Dass jemand sich dafür interessieren sollte

Was ich einst gewesen war

Die Szene verdämmert.

Szene 4

Vater, Fuseli

Zürich 1763. Das Bekenntnis des Vaters, während Fuselii den Vater beobachtet und auf seine Worte mit Gesten des Protests, der Zustimmung, der Freude, des Ärgers reagiert.

Vater   O Gott

Diese Gedanken hämmern

In meinem Kopf

Das Lamento eines gebeutelten Vaters

Dem das Schicksal

Einen missratenen Sohn beschert hat

Ein Sohn im Exil

In der Verbannung

Weil er im Zürich von 1763

Seiner Heimatstadt

Nicht mehr tragbar ist

Und das nennt sich mein Sohn

Dabei sind wir immer

Eine anständige Familie gewesen

Ich mein Vater mein Grossvater

Ja selbst mein Urgrossvater

Und nun das

Ein Skandal

Der das Gespräch in der Stadt ist
Von dem alle wissen
Ich weiss überhaupt nicht mehr
Wie ich mich auf der Strasse geben soll
Trauermiene eines unter Schmach und Schande
Leidenden Vaters
Oder so tun als ob nichts gewesen ist
Die Jungen
Die nichts als Flausen im Kopf haben
Wie mein lieber Heiri
Was ich als Vater eingestehen muss
Heiri steht immer unter Hochdruck
Man weiss nie ob wann oder wie
Er explodieren wird
Das hat er nicht von mir
Und nicht von der Mutter
Wo er das bloss her hat
Ihm muss ich einen Weg zeigen
So geschickt
Dass er nicht gleich opponiert
Und explodiert
Wenn ich sehe
Wie friedfertig seine Geschwister sind
Die Malerei ist ein stilles Geschäft
Hitzköpfe wie Heiri
Können es als Maler zu nichts bringen
Seine Ideen sind zu überspannt
Überall eckt er mit seinen Ideen an
Ich hatte immer befürchtet
Dass er auf Abwege gerät
Ich musste ihn mit sanfter Gewalt
In die richtigen Bahnen lenken
Neben zeichnen denkt und schreibt

Er auch mit Eifer
Bewundert die grossen Denker
Und Literatur
Mir war klar
Er hat das Zeugs zum Pfarrer
Er muss Pfarrer werden
Theologie studieren
Steht unserer geachteten Familie gut an
Einen Geistlichen einen Pfarrer
In ihren Reihen zu haben
Studieren bei Breitinger und Bodmer
Auf mich hört er ja nicht
Bodmer bedeutet ihm alles
Bodmer verehrt er
Wie ein guter Junge seinen leiblichen Vater
Verehren sollte
Als Junge war er verschüchtert
Und verdrückt gewesen
Ein kleiner Junge
Der sich kaum richtig zu wehren wusste
Der kein richtiger Junge war
Jeder Rauferei aus dem Weg ging
Doch dann dann hat er
Den Knopf aufgetan
Bei seinen Lehrern
Bei Bodmer ist er richtig aufgeblüht
Ich konnte bloss staunen
Was der Junge alles lernt und weiss
Doch seine einseitigen Interessen
Für die Schriften der Alten
Waren mir geradezu unheimlich gewesen
Weil daneben
Ist er ein total unpraktischer Mensch

Mit zwei linken Händen
Wie ihn gibt es keinen zweiten
Doch sein Kopf sein Kopf
Und seine Augen
Seine grossen Augen
Die alles sehen
Auch das was sie nicht sehen sollten
Und anstatt über das ihn Irritierende
Zu schweigen
Hängt er es an die grosse Glocke
Schimpft laut und heftig
Über alles
Das ihm nicht in den Kram passt
Er nennt es Sinn für Gerechtigkeit
Gerechtigkeit geht ihm über alles
Wenn jemand seiner Meinung nach
Ungerecht behandelt wird kann er poltern
Ist ja schön und gut
Dass es Menschen gibt
Die sich für andere einsetzen
Doch so einen
In der eigenen Familie zu haben
Ist schon eine echte Belastung
Denn es ist bei uns nun mal so Sitte
Dass jeder für sich selber schaut
Man will und darf ja nicht
Zu sehr ins Gerede kommen bei den Leuten
Wir sind ehrbare Leute
Und einer wie Heiri
Der nie sein Maul halten kann
Ist schlecht für unsere ehrbaren Geschäfte
Die wir die Eltern und sie seine Geschwister
In unserer lieben Stadt betreiben

Es geht ums Überleben
Mutter und ich
Haben es immer nur gut gemeint mit ihm
Doch er hat immer geglaubt
Wir wollten ihm bloss zuleide werken
Dann der Skandal
Dass Heiri die Stadt verlassen musste
Zu seinem Schutz
Klar
Es zerreisst einem das Herz
Das eigene Kind in der Fremde zu wissen
Und nicht zu wissen wie es ihm ergeht
Andrerseits ist Ruhe
In unser Dasein eingekehrt
Jede Medaille hat zwei Seiten
Und man muss über die Idee hinwegkommen
Dass man immer alles falsch gemacht hat
Man hat getan
Was man tun musste und konnte
Wegen Selbstvorwürfen in Gram zu versinken
Bringt auf die Dauer nichts
Bodmer hat ihm
Und Lavater und Hess
Den Aufenthalt in Deutschland vermittelt
Dort sei er gut aufgehoben
Und könne weiterhin seine Studien betreiben
Und alte Werke neu entdecken
Von längst verstorbenen Autoren
Aus fremden Sprachen
Ins Deutsche übertragen
Da hat man ihm
Das Theologiestudium ermöglicht
Wenn er nicht bald zurückkehrt

Und dafür sorgt
Dass er wieder als Pfarrer
In Amt und Würden kommt
Ist alles für die Katz gewesen
Immerhin ist es möglich
Dass der Skandal
Ihm einen Dämpfer versetzt hat
Und er sein hitziges Temperament
Endlich mässigen kann
Und in den Griff kriegt
Denn bei seiner Antrittspredigt
Als Pfarrer
Vor nicht allzu langer Zeit
Vor dem Skandal
Hat er den Leuten
Die Kutteln zu sehr gewaschen
So dass er die Leute
Eher erschreckt hatte

Szene 5

Fuseli, Sophia, Lavater

London 1790. Wohnatelier. Anschliessend an das Ende von Szene 3. Er hat Sie so zurechtgerückt, dass er mit dem Zeichnen weiterfahren kann. Nach wenigen Strichen hält er inne mit Zeichnen und schaut sie mit zunehmendem Entzücken an. Lavater beobachtet die Szene aus der Ferne.

Sophie   (*mit zusammengepressten Lippen sprechend*)
                Dein Interesse an Historie

	Scheint selektiv zu sein
	Betrifft die Historie dich dann …
Fuseli	Wer bin ich schon
	Dass jemand sich dafür interessieren sollte
	Was ich einst gewesen war

Füssli geht hin zu Sophia, küsst sie. Sie küssen sich innig und Füssli reicht ihr ihr Champagnerglas und ist im Begriffe ihren Kopfputz zu entfernen und ihre aufwändige Bekleidung zu öffnen, stellt sich dabei jedoch so ungeschickt an, dass er zu sehr rupft und zerrt.

Fuseli	Schau ich dich an
	Kann ich deinem Reiz
	Nicht länger widerstehen
	Verführerin du
	Dein Zauber wirkt
	Heere Kunst ade
	Ich muss muss MUSS dich küssen
Sophie	Mein Bärlein ist ein Künstler im Küssen
	Mmmmhhhmmm –
	Au
	Lass
	Ich
Fuesli	Dieses Weiberzeugs
	Immer die Knöpfchen und Agraffen
	Zum Verzweifeln
	Bis man an sein Ziel kommt
Sophia	Finger weg
	Hast du nicht gehört
	Finger weg
Fuseli	Wart wart ich hab's gleich
Sophia	Übrigens hat Joshua gestern noch erwähnt

	Angelika habe ihm
	Bevor sie dich ihm vorgestellt habe
	Erzählt dass du damals
	Vor Urzeiten
	Zürich nicht ganz freiwillig verlassen hattest
	Verlassen musstet
	Dass ein Skandal …
Fuseli	Halte still
Sophia	Ich mach's schon
	Du bist zu ungeschickt
	Sei nicht so ungeduldig gierig –
	Ein saftiger Skandal
	Sei es damals gewesen
	Der deine Heimatstadt Zürich
	In Aufruhr versetzt habe
	Doch dann
	Als es echt interessant geworden wäre
	Hat Joshua das Thema gewechselt
	Nun habe ich keinen blassen Schimmer davon
	Um was für einen Skandal es sich
	Dabei gehandelt haben könnte
Fuseli	Typisch Reynolds
	Wenn er genügend intus hat
	Dann hüpft er fröhlich
	Von Geschichte zu Geschichte –
	Diese verflixten Knöpfchen
	Dass sie so klein sein müssen
Sophia	Lass –
	Gestehe
	Es waren Orgien
	Mit wilden Kerlen gewesen
	Die die braven Bürger deiner Heimatstadt
	Ganz aus dem Häuschen gebracht hatten

Sex-Exzesse im braven alten Zürich
Das geht doch nicht
Ist unanständig
Skandal Skandal

Fuseli tritt einen Schritt zurück und schaut Sophia mit ernster Miene an, bevor er in unbändiges Lachen mit Schenkelklopfen ausbricht. Sophia tritt ein paar Schritte zurück.

Fuseli	Wie kommst du bloss auf diesen Unsinn
	Kannst du im Ernst glauben
	Dass ich schwul bin
Sophia	Wenn du mich fragst
	Bloss ein Mann
	Der auch
	Mit andern Männern rummacht
	Kann wirklich erfassen
	Was Frauen mögen
Fuseli	Ich fass es nicht
Sophia	Erhole dich
	Ganz so abwegig sind
	Meine Gedanken nicht
	Schliesslich malst und zeichnest du
	Immer wieder nackte Männer
	Wilde Kerle
	Mit muskulösesten Körpern
	In den aufreizendsten Posen
Fuseli	Das ist Historienmalerei
	Den Antiken abgeguckt
Sophia	Nun
	Die alten Griechen
	Sollen es in den Gymnasien
	Wo sie nackt trainierten

	Auch ganz doll
	Miteinander getrieben haben
Fuseli	Dann bin ich also
	Wegen gewissen
	Meiner Zeichnungen und Bildern
	Nach deiner Meinung schwul
Sophia	Lach nicht so blöd
	Du willst mich absichtlich
	Nicht verstehen
	Ich bin doch bloss neugierig darauf
	Endlich zu erfahren
	Welcher Art der Skandal gewesen war
	Der dich auf Immer
	Aus deiner Heimatstadt vertrieben hat
	Dass es dir offensichtlich Spass macht
	Nackte Männer
	In aufreizenden Posen zu zeichnen
	Und zu malen
	Gefällt mir
	Ich habe nichts gegen nackte Männer
	Und irgendwie bewundert man heimlich
	So wilde Kerle
	Selbst wenn man sie
	Nicht vors Haus geschissen haben möchte
Fuseli	Bewundern nicht bewundern
	Das ist hier die Frage
	Ob's total abwegig ist
	Seinen Blick in nackte Kerle zu versenken
	In starke Männer
	In Autoritäten die das Sagen haben
	In den Vater
	Von deren Qualitäten
	Man selber zu wenig mitbekommen hat

Und trotz ihres befehlenden Verhaltens
Immer etwas neidisch auf sie bleibt
Und unbedingt wissen möchte
Wie es wäre in ihrer Haut zu stecken

Sophia geht wieder auf Fuseli zu und beginnt mit ihm zu schmusen.

Sophia	Mein Honigbär
Fuseli	Mein Schmusekätzchen
Sophia	Will mein Honigbärchen
	Mir um nichts in der Welt
	Verraten was der Skandal gewesen war
Fuseli	Hast du es darauf abgesehen
	Meine Lust auf dich zu töten
Sophia	Und wenn ich mich dir verweigere
	Bis du mir endlich gestehst
	Mit welchen Kerlen du es damals
	In Zürich getrieben hast
Fuseli	Mein kleines Miststück
	Mein geliebtes Scheusälchen
	Mein reizender Goldfasan
Sophia	Ich werde schwach
	Und will nur dir nur dir nur dir gehören
	Nimm mich

Die Szene wird ausgeblendet. Lavater hüstelt diskret und wendet sich ab.

Lavater	Füssli Füssli
	Damals in Zürich
	Sind wir engste Freunde gewesen
	Die Leute hatten gesagt

Füssli und Lavater
Kann man nur im Doppelpack haben
Und wir haben uns perfekt ergänzt
Füssli ist zu triebhaft
Ich neige zur Kopflastigkeit
Triebe sind mir unheimlich
Ich meine
Man braucht Füssli bloss anzuschauen
Genau anzuschauen
Die weichen sinnlichen Gesichtszüge
Die grossen Augen
Die fein geschwungenen Lippen –
Anstatt dass er ihr
Die so begierig darauf ist
Zu wissen
Was damals in Zürich
Im Jahre 1762 vorgefallen war
Jetzt die Geschichte erzählt
Windet und wendet er sich
Um dann sich und sie mit
Menschlichem und allzu Menschlichem
Abzulenken und –
Schwamm drüber
Was tatsächlich geschehen ist …

Szene 6

Lavater, Füssli, Hess, Sophia, Vater, Stimme auf dem Off, Escher

Zürich 1762. Lavater, Füssli, Hess konspirieren. Sophia und der Vater beobachten aus sicheren Warten .Das Geschen wird erklärt von der (gestrengen Männer-) Stimme aus dem Off.

Sprecher	(*aus dem Off*) Drei Freunde
	Zwei davon ehrwürdige Pfarrherren
	Konspirieren in der stillen Kammer
	Oder beim Flanieren durch die Strassen
	Und Gässchen ihres geliebten Zürich
	Im Jahre 1762
Lavater	Unschöne Geschichte unschöne Geschichte
Füssli	Und das ist alles
	Was dir dazu einfällt
	Lavater
Lavater	Ja Füssli
Füssli	Mich kribbelt es
	Ich muss muss muss etwas …
Hess	Die Tatsachen liegen auf dem Tisch
	Wenn das nichts ist Füssli
	Sei nicht immer gleich so überspannt
	Wir können
	Den Lauf der Welt nicht ändern
	Wenn wir kopflos jetzt etwas …
Füssli	Nicht kopflos
	Du hast recht
	Doch mit Fantasie
	Lass uns …
	Das Treiben

	Von Landvogt Grebel in Grüningen
	Ist ein Skandal
	Ja ein Skandal
	Er ist tyrannisch und korrupt
	Nutzt seine Position
	Und die Leute aus
	Ein Skandal den man benennen
	Und bekannt machen muss
Hess	Nicht so laut
	Mässige dich
	Wir sind nicht drinnen
	Wo uns niemand hört –
	Was du herausgefunden hast
	Ist revoltierend
Füssli	Wie süss du dich ausdrückst
	Zum Kotzen ist das
	Es gärt
	Hess wenn du jetzt umkehrst
	Bist du auf ewiglich verloren
	Deine Seele wird im Fegefeuer schmoren
	Und so weiter blablabla et cetera.
Hess	Ich weiss nicht
Füssli	Du bist mein Weggefährte
	Mein Kampfgenosse
	Ist doch wahr
	Diesem Treiben kann darf man nicht …
Hess	Psssst
	Ich verstehe dich so gut
	Wenn man vom Treiben Grebels weiss
	Bleibt einem die Spucke weg
	Man findet keine Worte
Lavater	Darum gilt es
	Nach den richtigen Worte zu suchen

Was wir bisher herausgefunden haben
Sollte genügen
Um diesem gnädigen Herrn
Den Prozess zu machen
Doch müssen wir uns genau überlegen
Wie vorzugehen ist
Die nächsten Schritte
Sorgfältig planen –
Wir können zu mir nach Hause gehen

Füssli   Die ganze Stadt soll wissen
Was für ein Ausbeuter und Bösewicht
Dieser Grebel ist
Schonungslos und mannhaft
Müssen wir …

Hess   Pssssst

Lavater   Füssli wir malen keine
Hochdramatischen Bilder
Wir planen eine Aktion
Die gut überlegt sein muss
Den Leuten ist es peinlich
Wenn ein kleines Grüppchen sich
In der Öffentlichkeit
Polternd aufspielt
Um aufzufallen
Wenn wir wild um uns schreien
Kommen wir nicht weiter
Ganz abgesehen davon
Dass du jetzt
Wo du Pfarrherr bist
Darauf achten solltest
Dich zu mässigen
Und solche Schreikrämpfe
Unbedingt zu vermeiden

	Dies ein gut gemeinter Rat unter Freunden
Füssli	Glaubst du mir ist es nicht peinlich
	Wenn es aus mir heraus einfach explodiert
	Und ich Schreikrämpfe kriege
	Doch was der Grebel treibt
	Und das in offizieller Funktion
	Als Landvogt in Grüningen
	Ist unerträglich
	Da platzt mir einfach der Kragen
	Sind wir als Seelsorger
	Als Hirten des Volkes
	Für das Wohl
	Unserer Schäfchen verantwortlich oder nicht
Lavater	Wir haben etliche Verfehlungen
	Des gnädigen Herrn Grebel
	Eruriert recherchiert dokumentiert
	Würden die gnädigen Herren der Obrigkeit
	Eine Klage zulassen
	Müsste der gnädige Herr von und zu Grebel
	Saftig bestraft werden
	Die Frage ist bloss
	O die gnädigen Herren unserer Obrigkeit
	Eine Klage gegen einern der Ihren gestatten
Füssli	Nein sie gestatten's nicht
	Und da liegt der Hase im Pfeffer
	Damit dieser Has geniessbar wird
	Muss er noch etwas schmoren
	Der Sud ist gut angesetzt
	Schliesslich habe ich
	Beim Grebel antichambriert
	Mir die Füsse in den Bauch gestanden
	Vor seiner Residenz
	Gut es waren nur drei Vorsprachen gewesen

Bis ich endlich vor ihn vorgelassen werde
Der gnädige Herr von Grebel
Ist daran seine Pistolen zu putzen
Bevor ich überhaupt papp sagen kann
Referiert er über das Schiessen und die Jagd
Ich komme nicht dazwischen
Er redet und redet und redet
Ich sage ihm
Ich sei wahrhaftig nicht hier hergekommen
Um mir seine Sermone anzuhören
Er lacht schallend auf
Er rede weil er es müde sei
Sich seine Gesuchsteller
Die er sich nicht auslesen könne
Anzuhören
Ich lasse meiner Wut freien Lauf
Er unterbricht mich
Und sagt in einer Seelenruhe
Lieber Pfarrer Füssli
Sie scheinen Probleme zu haben
Mit zu hitzigem Temperament
Ein Aderlass ein Bad in einer heissen Quelle
Zum Beispiel in Baden
Würde hier sicherlich helfen
Oder fehlt es ihnen am nötigen Geld
Ich kann ihnen aushelfen
Mit der Gesundheit sollte man nicht spassen
Dann lässt sich
Ein Marquis d'Aubreville melden
Und Grebel entschuldigt sich
Das heisst
Er lässt mich von seinem Diener
Vor die Schlosstüre komplimentieren

	Ich renne sogleich von Pontius zu Pilatus
	Zu allen mir bekannten Ratsherren
	Zu allen Zunftmeistern
	Und zu allen, die Einfluss haben
Stimme	(*aus dem Off*) Und die Ratsherren
	Und Zunftmeister
	Und alle die Einfluss haben
	Sagen zu Füssli
	So so so ungestümer Pfarrer Füssli
	Wir haben unsere Augen auf allem
	Verbrechen müssen gesühnt werden
Füssli	Hochwürdige Herren
	Unternehmt etwas gegen Grebel
	Er treibt es zum Schaden des Volkes
	Verbrecherisch
Stimme	(*aus dem Off*) Die hochwürdigen Herren:
	Räuspern sich und sagen
	Wir wissen sehr wohl was wir zu tun haben
Füssli	Noch ist der Grebel unbehelligt und frei
Stimme	(*aus dem Off*) Wir lassen
	Uns keine Vorschriften machen
	Raus
Füssli	Ein Fusstritt in den Hintern
	Das ist unserer unheiligen Regierung Dank
Lavater	Füssli hat mir diese
	Seine Erlebnisse bereits erzählt
	Ist er in Fahrt
	Ist er nicht mehr aufzuhalten
	Er hat perfekte Vorarbeit geleistet
Hess	Unser Füssli
	Wie er leibt und lebt
Füssli	Ich kann es nicht fassen
	Jeder einzelne der hochwürdigen Herren

Weiss über jede einzelne der Gaunereien
Des ehrenwerten Herrn von Grebel Bescheid
Und was seh ich
Zu Ehren des Marquis d'Aubreville
Lässt Grebel ein Fest
Von königlichem Gepränge steigen
Und alle hochwürdigen Herren
Kommen als Gäste vorgefahren
Aufgeputzt und munter plaudernd
Mit Frauen und Töchtern
Jeder, ohne Ausnahme
Wir MÜSSEN handeln

Hess	Vorsicht ist geboten
	Wir dürfen uns die Finger nicht verbrennen
Füssli	Du WILLST dir deine Finger nicht verbrennen
Lavater	Ein kleiner Unterschied
Füssli	Vom rührigen Klageweib
	Zum echten Kämpfer für die Freiheit
Hess	Wir wollen unbedingt nicht
	Gegen die Gesetze verstossen
Füssli	Doch auch nicht unsere Klappe halten
	Und an unserem Wissen ersticken
	Während das System zum Himmel stinkt
Lavater	Unserem Füssli scheint etwas vorzuschweben
Füssli	Kommt kommt
	Stecken wir unsere Köpfe zusammen
	In meiner Stube
Stimme	(*aus dem Off*) Die Geschichte geht weiter
	Von der Strasse in die stille Kammer
Hess	Ich hatte geglaubt
	Wir stecken unsere Köpfe zusammen
	Und tauschen uns aus
Lavater	Unser ungestümer Füssli

	Ist bereits einen Schritt weiter
Hess	Wozu Papier und Tinte verschwenden
	Die Verfehlungen des gnädigen Herrn Grebel
	Haben wir akkurat ins unseren Köpfen
Lavater	Füssli ist nun mal
	Der Wortgewaltige unter uns
	An ihm ist ein Schriftsteller
	Verloren gegangen
Hess	Er schreibt
Füssli	DER UNGERECHTE LANDVOGT
	ODER KLAGE EINES EINES PATRIOTEN
	Das ist erst die Überschrift
Hess	Und was soll das werden
Lavater	Ein Pamphlet
Füssli	Ein anonymes Pamphlet
	Das wir drucken lassen
	In grosser Auflage
	Und in der Stadt verteilen
Hess	Obacht
	Das wird einen Aufruhr geben
Lavater	Unser Füssli und wir
	Wollen genau das
	Das Blut der einfachen Leute
	In Wallung bringen
Stimme	(*aus dem Off*) Schau schau schau
	Zuerst bloss vereinzelt
	Dann nach und nach überall
	Auf den Hausschwellen
	Vor den Haustüren
	In den Stuben überall
	Flattert das ananoyme Pamphlet herum
	Das die Leute begierig lesen
	Denn so etwas Unerhörtes hat man

Noch nie gelesen
Schwarz auf Weiss
Dass nicht bekannte Bewohner
Es wagen gegen die Regierung
AUFZUBEGEHREN
Hat man so etwas schon je erlebt
Bloss hinter vorgehaltener Hand
Und immer die Angst im Nacken
Flüsternd herumgeboten
Doch hier steht es geschrieben
Welches Unwesen
Der gnädige Herr von Grebel treibt
Es wird einem ganz heiss
Wenn man das alles liest

Lavater   Wir haben unser Ziel erreicht
Das Treiben Grebels ist Stadtgespräch
Es brodelt im Volk

Füssli   Die Obrigkeit hat Schiss

Hess   Jetzt können wir gespannt sein
Was die Obrigkeit unternimmt
Denn sie muss etwas unternehmen

Stimme   (*aus dem Off*) Heimlich
Bei Nacht und Nebel
Rafft Grebel zusammen
Was er in der Eile zusammenraffen kann
Und das ist nicht wenig
Und haut ab über alle Berge
Er misstraut seinen gnädigen Mit-Herren
Dass sie unter dem Druck von unten
Etwas gegen ihn unternehmen könnten
Die Obrigkeit des alten Zürich
Kommt nicht umhin
Zur Kenntnis zu nehmen

Dass anonyme Verfasser
Mit einem Flugblatt
Einen Aufruhr
In unserer schönen Stadt Zürich
Verursacht haben
Nun gilt es herauszufinden
Wer die anonymen Verfasser sind
Anonyme Anklagen sind nicht angängig
Sie zeugen von Feigheit
Die anonymen Verfasser
Des unruhestiftenden Pamphlets
Sollen sich gefälligst melden
Sollen sich melden sollen sich melden

Lavater   Feige sind wir nicht
Wir Hess Füssli und meine Wenigkeit
Stehen zu dem was
Wir öffentlich gemacht haben
Erwarten dass nun die Obrigkeit
Die notwendigen Konsequenzen zieht

Hess   (*freudig erregt*)   Sie wollen uns bestimmt feiern
Belohnen

Füssli   (*unwirsch*)   Quatsch
 Und trotzdem melden wir uns
Weil wir keine Feiglinge sind
Das Volk röhrt
Der Grebel ist abgehauen
Hat in seine Hose geschissen
Zu feige zu seinen Untaten zu stehen

Hess   Auf der Strasse sind mir wildfremde Menschen
Um den Hals gefallen
Haben jubiliert und mir gratuliert
Dass der Grebel besiegt ist
Ein Volksfest alle freuen sich ein Jubeln

	Wir haben erreicht
	Was wir erreichen wollten
Lavater	Ob dem so ist wird sich erst weisen
	Wenn die Obrigkeit tatsächlich beginnt
	Mit eisigem Besen
	Diesen Stall des Augias auszukehren
Füssli	Hochwürdige Ratsherren
	Hier sind wir
	Lavater Hess und meine Wenigkeit
	Die Verfasser des Traktates
	Das die Flucht
	Des ehrwürdigen Herrn von Grebel
	Und den Freudentaumel
	Des Volkes ausgelöst hat
Vater	O Gott o Gott
	Die Sorgen
	Die unser dummer Heiri
	Seiner sich um ihn sorgenden Mutter
	Meiner lieben Elisabeth
	Bereitet
	Sie wird sich kaum mehr
	Unter die Leute wagen
	Muss die Magd alleine schicken
	Die Besorgungen zu machen
	Um sich nicht vor den Leuten
	Für Heiris Verhalten rechtfertigen
	Zu müssen
Stimme	(*aus dem Off*) Und nun haben wir
	Die besondere Ehre
	Das Bravourstück der Ratsherren
	Zu kolportieren
	(*räuspern-räuspern, Füsse scharren, dann Stille*)
	Wir die Ratsherren

Kommen nicht umhin
Festzustellen
Dass der ehemals gnädige
Jetzt durch sein feiges Verhalten
Gleichsam ungnädige Herr von Grebel
Amtierender Landvogt von Grüningen
Ratsherr
Sich nicht mehr auf dem Stadtgebiet
Von Zürich befindet
Auch nicht in der Landschaft
Aber dem Vernehmen nach im Ausland
Gott beschütze unsere Stadt

Füssli   (*flüsternd*) Die hochwürdigen Herren
Tun sich aber jämmerlich schwer
Mit Grebels Flucht.

Stimme   (*aus dem Off*) Füssli Hess Lavater
Ihr jungen Männer
Kühlt eure Hitzköpfe ab
Die Art und Weise
Wie ihr gegen den Herrn von Grebel
vorgegangen seid ist unfein
Wir lieben es nicht
Wenn durch Emotionen
Ungeahnte Kräfte entfesselt werden
Wenn die Machtverhältnisse
Nicht mehr klar und eindeutig sind
Wir sind für Recht und Ordnung zuständig
Ihr habt euch angemasst
Richter über Gut und Böse zu sein

Füssli   Gnädige Herren
Wir haben nur unsere Pflicht getan!

Stimme   (*aus dem Off*) Es wäre unsere Aufgabe gewesen
Sofern wir das Vorgefallene

	Als tatsächlich gravierend erachtet hätten
	Einzuschreiten
	Angesichts der Tatsache
	Dass der Herr von Grebel noch heute
	Einflussreiche und mächtige Freunde
	Hier in der Stadt hat
	Können wir für eure Sicherheit
	Künftig nicht garantieren
Füssli	Gnädige Herren, das Volk feiert uns als Helden!
Vater	Der gute Bodmer
	Dem das Wohlergehen
	Seiner ehemaligen Zöglinge
	Noch sehr am Herzen liegt weiss Rat
	Er wittert die Gefahr
	In der die jungen Mann stecken
	Die zwar für das Volk Helden sind
	Doch eine latente Gefahr für die Regierung
	Die dummen Jungen diese Ginöffel
	Pfarrer zwar dennoch Lölibuben
	Dass ihnen nichts Gescheiteres einfällt
	Als sich mit denen anzulegen
	Mit denen man sich nicht anlegen darf
	Dass ihnen nicht in den Sinn gekommen war
	Dass dieser Bubenstreich
	Eine Nummer zu gross für sie ist
	Obwohl
	Als ich neulich den Usteri getroffen habe
	Hat er zwischen seinen Worten
	Durchaus durchschimmern lassen
	Dass selbst er der ehrenwerte Usteri
	Lavater Hess und meinen Heiri
	Heimlich für ihr Tun durchaus bewundert

Füssli	(*staunend-wütend*) Dieses lautwarme Gesülze
	Unserer Regierung zum Verzweifeln
	Das Volk jubelt
	Doch die Regierung erklärt uns für vogelfrei
	Wo sollen wir hin
	Wenn unsere Heimatstadt uns verleugnet
	Uns den notwendigen Schutz
	Nicht mehr gewähren will
	Wie zum Teufel sollen wir weg von hier
	Idioten Arschlöcher alle
Sprecher	(*aus dem Off*) Bodmer vermittelt
	Den drei Helden
	Einen Aufenthalt bei einem Freund
	Dem Pfarrer Johann Joachim Spalding
	In Pommern
Escher	(*grinsend, in herablassendem Tonfall*)
	Füssli nimm diese Exkursion als Kavalierstour
	Die du dir sonst bei den
	Pekuniären Verhältnissen deiner Familie
	Nie hättest leisten können
	Freue dich
	Hättet ihr mich von Anfang an
	In eure Pläne eingeweiht
	Ich hätte euch gesagt
	Es kann bloss schief gehen
	Sobald du wieder im Land sein wirst
	Füssli
	Werden wir unsere Freundschaft neu beleben
	Tschüss und macht es gut
Füssli	(*wütend schreiend*) Ich scheisse auf Zürich
	Auf die Schweiz
Füssli	(*ruhig, Hess und Lavater grinsend eine Zeichnung zeigend*)

Hier schaut
Ist doch gelungen
Diese Zeichnung

Johann Heinrich Füssli, Satirische Selbstkarikatur Füsslis beim
Eintritt in die Schweiz nach seinem Italienaufenthalt, 1778,
Kunsthaus Zürich

Lavater   Du bist ein Rindviech Füssli

Hess	Ein Selbstporträt von Füssli
	Beim Kacken über der Schweiz
Füssli	Jetzt ist mir wohler
	Draussen ist's
	Obwohl
	Um ehrlich zu sein
	Ich pfeife zwar im Moment auf Zürich
	Und wie mir erst jetzt so richtig klar wird
	Vor allem auch auf die Theologie
Lavater	Das war uns schon immer klar
	Deine wahre Berufung ist die Malerei
	Du musst Maler werden
Füssli	Quatsch
	Meine wahre Berufung ist das Schreiben
	Die Schriftstellerei
	Und wenn ich weltberühmt sein werde
	Werde ich triumphierend
	Nach Zürich zurückkehren
Sprecher	(*aus dem Off*) So sind die Drei
	Weit weg vom Geschütz
	In sicherer Distanz zum Gefahrenbereich
	Können auf andere Gedanken kommen
	Füssli schreibt Gedichte um Gedichte um
Vater	Ist langsam an der Zeit
	Dass der Heiri wieder nachhause kommt
	Der dumme Bubenstreich
	Scheint vergessen
	Die Grebels werden sich davor hüten
	Lavater Hess oder dem Heiri
	An den Kragen zu gehen
	Jetzt wo alles wieder
	Seinen gewohnten Trott geht
	Will niemand Staub aufwirbeln

	Der Lavater und der Hess sind hier
	Wo bleibt mein Heiri
Sprecher	(*aus dem Off*)
	Füsslis Shakespeare-Übersetzungen
	Erregen die Aufmerksamkeit
	Des englischen Gesandten in Berlin
	Der Füssli überredet
	Er müsse unbedingt nach London reisen
	Bevor er in seine Heimat zurückkehre
	Gesagt getan
	Füssli ist in London
Vater	In London
	Seine Flausen ach
Sprecher	(*aus dem Off*) Er schlägt sich durch
	Mit Übersetzungen für Verlage
	Angelika Kauffmann
	Die berühmte Malerin und
	Mitbegründerin der Royal Academy
	Führt Füssli beim Maler-Fürsten
	Joshua Reynolds ein
	Der Füssli klar macht
	Er sei der geborene Maler
	Und müsse unbedingt
	Die Malerkarriere einschlagen
	Dazu aber nach Italien reisen
	Um die wahre Kunst kennenzulernen
	Füssli ist begeistert
	Ist in Italien in seinem Element
Vater	Auch das noch
	Italien
Sprecher	(*aus dem Off*) Studiert Michelangelo
	Und die Antiken
	Verkehrt in Malerkreisen

Vernetzt sich
Damit sein Name
In Italien nicht verhunzt wird
Nennt er sich ab dato Fusseli
Was die Italiener
Mit Eleganz aussprechen können
Fusseli

Vater Wir haben ihn zum Pfaffen ausbilden lassen
Er könnte ein anständiges Leben haben
Geachtet sein
Doch nein
Nichts als Flausen im Kopf
Glaubt bei Michelangelo
Der Angeklika Kauffmann
Dem Winkelmann und Goethe
Sein Glück zu machen
Meine liebes Weibchen Elisabeth
Unseren Heiri müssen
Wir wohl abschreiben
Mit einem geachteten Pfarrherrn
In unserer Familie ist es wohl Essig

Sprecher (*aus dem Off*) Nach etlichen Jahren in Italien
Kehrt er
Nein nein nicht in die Schweiz
Nach LONDON zurück
Wo er in Sophia Rawlins
seine grosse Liebe finden
In Fachkreisen
Zu einem berühmten
Und geachteten Maler
Und Professor an der Royal Academy
Werden wird
Und seinen Namen

Dem englischen Aussprache anpassend
Zu Henry Fuseli ändern wird …
Das heisst wir greifen der Zeit etwas vor
Die Rückreise aus Italien nach London
Führte über …

Szene 7

Fuseli, Sophia, Vater

London 1790. Fuseli ist immer noch dabei, Sophia aus ihren
Kleidern zu schälen, während sie Champagner trinken und Sophia
zuerst das Porträt betrachtet,an dem Fuseli gearbeitet hat, dann
in einem Stapel von Zeichnungen wühlt und nach ein paar
Momenten eine Zeichnung hervorzieht, die sie lachend betrachtet.
Der Vater ist auf Beobachtungsposten.

Fuseli	Mein kleines Miststück
	Mein geliebtes Scheusälchen
	Mein reizender Goldfasan
Sophia	Ich werde schwach
	Und will nur dir nur dir nur dir gehören
	Nimm mich
Fuesli	Wenn es so einfach wäre
	Mit diesen Knöpfchen
	An deinen Kleidchen
Sophia	Henry Fuseli
	Schenkst du mir mein Porträt
	Wenn es fertig ist
Fuseli	Nein
	Solche Bilder zeichne ich

Ausschliesslich für mich
Um den Liebreiz
Den du ausstrahlst
Dem Betrachter möglichst angemessen
Vermitteln zu können
Es sind Versuche
Die für mich wichtig sind
Wenn ich Bilder für die
Shakespeare Gallery
Die Milton Gallery male
Dann sind sie zu haben
Da weiss ich
Dass ich mein Handwerk beherrsche
Vielleicht ganz vielleicht
Darfst du das Porträt von dir
Dann doch geschenkt bekommen

Sophia	Wie andere Porträts
	Die du gemalt und ja auch verkauft hast
Fuseli	Aus finanzieller Not
Sophia	Du solltest mehr Porträts
	Auf Bestellung malen
	Hübsche Porträts
	Wie du sie perfekt malen kannst
Fuseli	Verklärter Kitsch
	Nein nein
	Historienmalerei gibt mir
	Die Möglichkeit
	Bekannte Geschichten
	Zwar zu erzählen
	Doch neue
	Unbekannte Aspekte hervozukitzeln
	Zu erhellen hervorzuheben
	Und die Betrachter anzuregen

Auf die neuen Aspekte zu reagieren
Die Betrachter zum Nachdenken
Zu bringen
Sie auf neue Gedanken zu bringen
Das ist es
Was vom Vergangenen
In die Gegenwart
Und in die Zukunft wirkt
Und den Blick auf das Vergangene
Notwendig macht
Um immer wieder
Von neuem Hoffnung zu schöpfen
Zudem befinden sich
In meinen Historienbildern
Auch immer Porträts
Nicht von konkreten
Lebenden Personen
Doch Porträts
Die das Meinschsein
Und das Dasein des Menschen
In den verschiedensten
Und unmöglichsten Situationen
Einzufangen versuchen
Die Kunst als Schlüssel
Zum bewussteren Leben –
Geschafft
Dieses kleine verflixte Knöpfchen
Bald bald wird deine Hülle fallen –
Was wühlst du in
Meinen alten Zeichnungen

Sophia   (*lachend, die Zeichnung Fuseli vor die Augen
halten*d) Mir könnte durchaus vor dir grauen
Wenn ich diese Zeihnung da betrachte

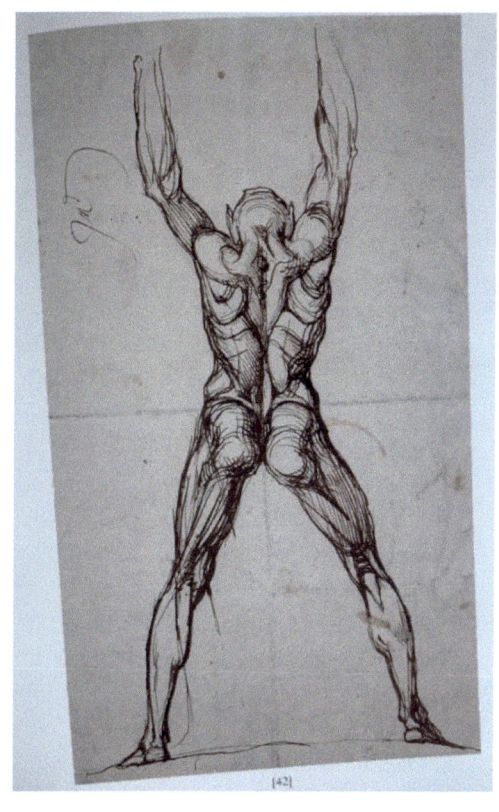

[42]

Johann Heinrich Füssli, A Nude with raised Arms seen from behind, Stift und braune Tinte, 31.4 x 19 cm (Foto aus Christie's Auktionskatalog 1972

Sophia   Und spontan denke
               Was für ein Männerbild
               Ein Zeichner in sich herumträgt
               Der einen Muskelprotz
               Mit solchen Gesässmuskeln

Mit solchen Oberschenkelmuskeln
Und mit solcher Rückenmuskulatur
Irgendwie bewundern muss
Dass er diesen Nackten in
Rückenansicht so erschreckend
Körperlich hinkriegt
In Kampfbereitschaft
Mit hochgereckten Armen
Zum Schlag ausholend
Das pure Gegenteil von dir
Der du bis auf deine legendären Wutausbrüche
Der sanfteste und charmanteste Mensch bist
Wie kommst ausgerechnet du
Auf solche Figuren und Formen

Fuseli	(*wütig schreiend*) Halt endlich still
Sophia	Du willst mich zum Schweigen bringen
Fuseli	Unsinn halte endlich still
	Und halte deine Klappe –
	Entschuldige
	Du hast wie immer recht
Sophia	Ich kritisiere dich ja nicht
Fuseli	Kritik liebe ich
	Die Zeichnung ist eine Kopie
	Eines Werks in Italien
	Ich versuche hinzukriegen
	Was die Alten
	So luftig und leicht geschafft haben
	Und uns damit
	Noch heute staunen machen
	Ich stehe auch dazu
	Dass ich kernige Kerle
	Gerne zeichne
	Obwohl mir bewusst ist

Dass meine Übertreibung
Der Körpelichkeit
In gewissen Zeichnungen Bildern
Die Leute haarsträubend provokant
Lächerlich oder was auch immer finden
Wenn ich loslasse und
Meine Hand spontan
Die Feder führt
Dann sind sie plötzlich da
Meine irgendwie schockierenden Heroen
In praller Körperlichkeit

Sophia   Zu übertrieben
Um echt sinnlich
Und aufreizend zu sein

Fuseli   Ich bewundere
Ob ich es will oder nicht
Obschon ich keiner von ihnen
Sein möchte
Und ihr Handeln mit Körperkraft
Meist schrecklich
Oder zumindest fragwürdig finde
Ich staune ob deren Körperlichkeit
Die mir vollends abgeht
Die heroische Männlichkeit
Die meiner Wirklichkeit
Mit Kleinwuchs Unsportlichkeit Schwäche
Diametral entgegengesetzt ist
Die heroische Männlichkeit
Provozierend
Der Lächerlichkeit preiszugeben
Widersprüche über Widersprüche
Und was machst du mit der Zeichnung
Wenn ich sie dir tatsächlich schenke

Sophia	Ich verkaufe sie
	Damit unser Champagner-Vorrat
	Immer à jour gehalten wird
Fuseli	Durchtriebenes Weibchen
Sophia	Du Teufelskerl
	Mit deiner Revolution in Zürich
Fuseli	Unsere Aktion war ein Furz gewesen
	Der Vater der von mir Unmögliches verlangte
	Die Besessenheit
	Die Welt zumindest für die andern zu retten
	Unser Pech war
	Dass wir Erfolg hatten
	Dabei aber nicht wussten
	Wie es weitergehen soll
Sophia	Sag mal
	Hat es dich nie mehr
	Zurück nach Zürich gezogen
Fuseli	Nein
	Gezogen überhaupt nicht
	Halt halt
	Einmal noch
	Auf der Rückreise
	Von Italien nach London
	Habe ich in Zürich
	Zwischenhalt gemacht
	Und dort Porträts gemalt
	Ja Porträts
	Bodmer und mich
	Vor der Büste des Homer
	Weil ich Bodmer
	Meinen Freund und Lehrer
	So sehr verehre
	Und dann ja

Ein Auftragswerk
‚DIE DREI EIDGENOSSEN
BEIM SCHWUR AUF DEM RÜTLI'

Szene 8

Vater, Stimme aus dem Off, Fuseli, Lavater, Abwart

Zürich 1778. Während der gesamten Szene erklingt im Hintergrund die Melodie des Liedes ‚Freut euch des Lebens'. Der Vater singt vielleicht mal eine Strophe oder zwei Strophen mit. Fuseli auf Beobachtungsposten.

> *Freut euch des Lebens*
> *Weil noch das Lämpchen glüht*
> *Pflücket die Rose*
> *Eh sie verblüht*
>
> *1.Man schafft so gern sich Sorg und Müh*
> *Sucht Dornen auf und findet sie*
> *Und lässt das Veilchen unbemerkt*
> *Das uns am Wege blüht.*
>
> *2. Wenn rings die Schöpfung sich verhüllt*
> *Und laut der Donner um uns brüllt*
> *So scheint am Abend nach dem Sturm*
> *Die Sonne doppelt schön.*
>
> *3. Wer Redlichkeit und Treue liebt*
> *Und gern dem ärmern Bruder gibt*
> *Bei dem baut sich Zufriedenheit*

So gern ihr Hüttchen an

4. Und wenn der Pfad sich furchtbar engt
Und Missgeschick uns plagt und drängt
So reicht die Freundschaft schwesterlich
Dem Redlichen die Hand.

> *Johann Martin Usteri (1763 – 1827) /*
> *Hans Georg Nägeli (1773 – 1836)*

Vater   Der Heiri kommt nachhause
Der Ruf dass mein Heiri
Nun in London
Ein berühmter Übersetzter
Und Schriftsteller geworden ist
Und auch in Italien
Das Malen ordentlich gelernt hat
Hat sich in der Stadt verbreitet
Über das was damals geschehen war
Redet kaum mehr jemand
Im Politischen
Sind aller Blicke
Nach Preussen und Österreich
Gerichtet
Der Bayerische Erbfolgekrieg
Lavater ist inzwischen
Diakon an der St.-Peters-Kirche
Ein gestandener und geachteter Mann
Felix Hess hingegen
Ist bereits gestorben
Einerlei
Wir brauchten uns unseres Heiri
Nicht mehr zu schämen
Bei seiner Ankunft in Zürich

Am 29. Oktober 1778

Hat er uns gleich klar gemacht

Dass er bloss kurz in Zürich bleibe

Dass er unbedingt wieder

Zurück nach London müsse

Sein Verleger in London habe

Interessante Aufträge für ihn

Dort erziele er ein gutes Auskommen

Warum in die Ferne schweifen

Sieh das Gute liegt so nah

Ach –

Hier hat er ein wunderschönes Bild gemalt

Ein Porträt vom Naneli Landolt

Stimme	(*aus dem Off*) Kunststück

Fuseli pardon Füssli

Verknallt sich in sie

Kann bei ihr jedoch nicht landen

Keine Chance

Vater	Und ein Doppelporträt

Bodmer und er selber

Vor eines Büste des Homer

Ein wunderbares Bild

Es hat allgemein gefallen

Und ihm den Auftrag eingebracht

Ein vaterländisches Sujet

Für seine Stadt zu malen

Er hat mit dem Bild

Hier in Zürich begonnen

Doch fertig geworden ist er damit nicht

‚DIE DREI EIDGENOSSEN

BEIM SCHWUR AUF DEM RÜTLI'

Stimme	(*aus dem Off*) An diesem Bild

Hat er in London den ganzen Sommer über

Und lange Zeit weitergearbeitet
Bis es endlich seiner Imagination entspricht
In London eben
Nach seiner überhasteten Abreise
Aus Zürich
Ende April 1789
Wegen der Abfuhr
Die er bei Anna Landolt erlitten hatte
Die dann den Schinz heiratet

Vater	,DIE DREI EIDGENOSSEN
	BEIM SCHWUR AUF DEM RÜTLI'

Sind endlich in Zürich angekommen
Imposante 267 auf 187 Zentimeter gross
Riesig also
Ihr hättet den Aufruhr erleben sollen
Den die Ankunft seines
,DIE DREI EIDGENOSSEN
BEIM SCHWUR AUF DEM RÜTLI'
In Zürich verursacht hat
Man ist ja stolz auf seine Geschichte
Ein so schönes Sujet
Der Escher selbst der Escher
Der noble Herr Escher
War ganz aus dem Häuschen
War des überschwänglichen Lobes voll

Fuseli	(*zornig*) Wart's nur ab Escher
	Mein vaterländisches Sujet
	Soll dich erfeuen
Vater	Der Escher
	Der den Auftrag für das Bild
	Erteilt hat
	Mein Gott bin ich stolz auf Heiri
	Das wunderschöne Bild

Es hängt im Rathaus
Stelle man sich vor im Rathaus
Wo alle Leute es sehen können
Das grosse Ölgemälde meines Heiri
Das schon vom Format her
So beeindruckend ist
Und der alte Hitzkopf
Malt ein so vaterländisches Sujet
Dass es mir beinahe die Sprache verschlägt
Und mit einem Mal
Ist seine frühere
Politische Dummheit vergessen
Klar dass junge Leute bisweilen
Auf dumme Gedanken kommen
Doch mussten diese Dummheiten
Gleich so dumm sein
Wie die von meinem Heiri
Und seinen Kumpanen Lavater und Hess
Selbst wenn etwas Wahres dran wäre
Ist es klüger seine Weisheit für sich behalten
Anstatt sie an die grosse Glocke
Zu hängen und
In die ganze Welt hinauszuposaunen
Denn damit zieht man nur
Den Ärger der Mächtigen auf sich
Und das schadet einem bloss
Doch diese dumme Geschichte
Ist Gott sei Dank nun vergessen
Wird überstrahlt vom Ruhm
Den ‚DIE DREI EIDGENOSSEN
BEIM SCHWUR AUF DEM RÜTLI'

Fuseli	‚Überstrahlt vom Ruhm'
Vater	In unserer Heimat

Über uns Füsslis bringen
Sie müssen wissen
Sogar der Zuknftmeister der Meisen
Der Zunftmeister der Meisen
Und etliche Räte
Haben mir zu meinem Heiri gratuliert
Und das hat etwas zu bedeuten
Dass sie an uns Füsslis nicht vorbeikommen
Das Bild soll dem Geschmack
Der Leute die in Zürich das Sagen haben
Entsprechen und
Es soll seinen Preis wert sein
Sagt man
Dieser Teufelskerl Heiri
Hört nicht auf seinen Vater
Und schafft das
Was ich nie geschafft habe
Ein Bild im Rathaus
Es wird bestimmt gut sein
Sonst würde nicht
So viel Aufhebens um das Bild gemacht
Ich werde wohl selber
Einmal ins Rathaus gehen müssen
Um mit eigenen Augen zu sehen
Was mein gnädiger Herr Sohn
Hier verbrochen hat

Fuseli Mein Alter wie er leibt und lebt
Wenn die Leute etwas loben
Gibt er mehr auf das Lob
Als auf den Gegenstand
Der gelobt wird
Was gelobt wird muss gut sein
Auf das kann man stolz sein

	Selbst wenn man selber
	Nichts zu dessen Entstehen
	Beigetragen hat
Vater	Den Escher fragen
	Ob ich ihn bei Gelegenheit
	Einmal ins Rathaus begleiten dürfe
	Dann muss der Escher
	Auch mich den Vater
	Zur Kenntnis nehmen
	Und wer weiss
	Vielleicht wird er sogar
	Auf mein Werk aufmerksam
	Und kauft endlich auch
	Meine Bilder
	Das Geld dazu hat
	Und wenn er kauft
	Kaufen alle andern auch
	Und sei es bloss
	Um ihm zu schmeicheln –
	Bestimmt eine wackere Arbeit
	Meines Heiri
	Dieser Rütlischwur
	Obwohl er sein Handwerk in London
	Gelernt hat
	Oder in Italien
	Und nicht bei mir seinem Vater
	Mir war er nie ein Sohn
	Der etwas oder alles von mir wissen wollte
Fuseli	Kunststück
	Da du mich seit frühster Kindheit
	In das presstest
	Das du für mich
	Als das Beste hieltest

Vater	Ach
	Dass den jungen Leuten
	Die Heimat nichts mehr bedeutet
	Und nur noch das Ausland zählt –
	Gottseidank ist mir noch mein Bethli geblieben
	Das artige Töchterlein
	Fleissige und renommierte Insektenmalerin
	Ohne den Spleen
	Unbedingt im Ausland ihr Glück zu suchen
	Und erst noch
	Mit so übertriebenem Ausdruck
	In seiner Malerei
	Wie der Heiri
Fuseli	Ich würde verdammt gerne Wissen
	Was er von meinem Rütlischwur hält
	Der Chäschpi
	Also Lavater
	Schrieb mir neulich aus Zürich
Lavater	Du bist bei deinem Rütlischwur
	Weit unter deinen
	Malerischen Fähigkeiten geblieben
	Insbesondere in der Farbgebung
Fuseli	Sein Urteil hat mich irgendwie getroffen
	Dass ausgerechnet er nicht erkannt hat
	Was ich mit diesem Bild
	Ausdrücken will
	Obwohl mich freut
	Wie der humorlose Chäschpi
	Furztrocken seine Meinung sagt
	Ach ja
	Ich erinnere mich
	In Zürich hatte er mir noch getratscht
Lavater	Stell dir vor

Vor ein paar Jahren
Auf einer Rheinreise
Habe ich Goethe getroffen
Du kennst doch Goethe und sein Werk
Als ich Goethe von unserem Pamphlet
Und dem Aufruhr
Den es in Zürich bewirkt hatte
Erzähle
Ist er total hin
Und bewundert uns
Dass wir es gewagt hatten
Gegen die Regierung aufzubegehren
Ein Unikum
Wie er meinte
In unserer Zeit und Welt
Ich habe ihm dann von deinen Bildern erzählt
Er sagt er habe auch schon davon gehört
Doch halte er deine Malerei
Für maniriert und übertrieben
Nimm's mir bitte nicht übel
Dass ich dir das so offen erzähle

Vater   Heiris Rütlischwur in natura
Habe ich noch nicht gesehen
Es ist so schrecklich viel los
Ää äää äää
Es ist nämlich so gewesen
Also ich bin eigens zum Rathaus gegangen
Um das ominöse Bild vom Heiri zu sehen
In meinem Alter
Ist jeder Schritt beschwerlich
Und die Kirchgasse geht's so steil runter
Man ist einfach nicht mehr so trittsicher
Ich stelle mir vor

Was denken die Leute
Wenn ausgerechnet der Vater vom Heiri
Das Bild vom Heiri nicht gesehen hat
Klar
Ich könnte dennoch mitreden
So allgemeines Gewäsch
Ohne dass jemandem auffallen würde
Dass ich das Bild
Über das ich gescheit rede und philosophiere
Überhaupt nicht gesehen habe
Der Rütlischwur ist der Rütlischwur
Daran kann auch mein Heiri nichts verbrechen
Ich öffne die schwere Türe des Rathauses
Ein schwieriges Unterfangen
Auf der obersten der drei Stufen schwankend
Ohne ein Geländer um mich zu halten
Die schwere Eichentüre schiebend
Der Abwart will mir etwas sagen
Ich will sein Gewäsch nicht hören
Spiele den vertrottelten Alten
Er schweigt
Ich schaue mich um
Alle vier Wände hoch
Kein Bild nirgends
Dabei hatte es geheissen
Das Bild von meinem Heiri
Hänge hier im Treppenhaus
Der Rathausdiener dieser Tölpel
Verfolgt mich Schritt auf Tritt
Ich bin zu wenig schnell
Um ihn mit Blicken und Gesten
Zum Schweigen zu bringen

Abwart   Meister Füssli

Vater	Beginnt er zu sprechen
	Also hat er mich erkannt
Abwart	Das prachtvolle und so bewunderte Gemälde
	Ihres Sohnes Heiri ist für einen Anlass
	Im Zunfthaus zur Meisen
	Dorthin ausgeliehen
	Der Anlass der noblen Herren von Zürich
	Im Zunfthaus zur Meisen
	Geht unter dem Motto
	TRIUMPH UND TOD DES HELDEN
	Da darf das Meisterwerk
	Von unserem lieben Heiri Füssli nicht fehlen
	Nach dem Anlass
	Kommt das Gemälde wieder zurück
	Und wird wieder als so ergreifendes Bild
	Die grösste Zierde
	Unseres Rathauses sein
Vater	Hat nicht sein sollen
	Doch ich habe meinen guten Willen gezeigt
	Die paar Schritte vom Rathaus
	Zum Zunfthaus zur Meisen
	Sind mir in meinem Alter
	Und bei meinem kurzen Atem
	Und den knirschenden Knochen
	Zu beschwerlich
	Und man muss ja schauen
	Dass man gerade in meinem Alter
	Immer genügend Flüssigkeit zu sich nimmt
	Sagt selbst mein Arzt dieser Kurpfuscher
	Doch seine Wässerlein und Elixiere
	Trinke ich nicht mehr
	Seit der Hirzel Turi mit erzählt hat
	Die Magd des Arztes

Hole in einem grossen Krug
Immer Wasser aus der Limmat
Das dann als Elixier
In winzigen Fläschlein verkauft wird
Für fünf Batzen das Fläschlein
Dieser Kurpfuscher kommt
Ursprünglich aus Brugg
Was hat ein Aargauer
Schon in Zürich verloren –
Bei den Zimmerleuten
Bin ich eingekehrt
Ein Gläslein Klevner
Ein Gauner der Wirt
Der jetzt bei den Zimmerleuten ist
Ein Halsabschneider
Der allen Ernstes glaubt
Sein Klevner sei weniger sauer
Wenn er einen Batzen mehr als üblich
Für das Halbeli fordert –
In den Zimmerleuten
Sitzt zufällig der Usteri
Ich setze mich zu ihm
Und der Usteri gratuliert mir
Zum bombastischen Helgen
Meines Heiri
Der Usteri gratuliert MIR
Welche Ehre
Wenn man was leistet
Wird man unversehens wahrgenommen
Auch von denen
Die einen sonst kaum beachten
Der Usteri erzählt
Sie hätten gestern im Zunfthaus zur Meisen

Auf den Helgen angestossen

Mit einem ganz ganz feinen Tropfen

,Und sie haben immer nachgeschenkt

Blau waren wir blau

Sage ich dir Füssli

So blau dass ich sogar

Die unzähligen nicht enden wollenden

Vaterländischen Reden

Zum Lobe dieses Helgen

Über mich habe ergehen lassen

,DIE DREI EIDGENOSSEN

BEIM SCHWUR AUF DEM RÜTLI'

Sind würdig begossen worden'

Der Usteri versteht mehr

Vom Saufen und Dichten als von der Malerei

Doch am Nebentisch sassen

Der Schinz und der Nägeli

Der Schninz ist eigens aufgestanden

Ist zu mir gekommen

Hat mir gerührt meine Hand geschüttelt

Und mir für das

Vaterländisch hochlöbliche Gemälde

Von meinem Heiri gratuliert

Usteri fügte noch an

Etwas unheimlich sei einem

Das Bild ja schon

Das patriotische Sujet

Erschlage einen beinahe

Und dann die Grösse

Und erst noch der exorbitante Preis

Da stehe man vor einem Stück Leinwand

Rechne sich aus dass sie billig zu haben ist

Die Farben sind nicht extrem teuer

So dass man sich ernsthaft fragen müsse

Weshalb das Ganze

Wie man gerüchteweise erfahren habe

600 Gulden gekostet haben soll

Und selbst der Rahmen

Der beste Handwerkskunst ist

Doch auch nicht so teuer

Dass er den Preis so sehr

In die Höhe treiben musste

Nun ein Geschenk von Escher

Ihn schmerzen die 600 Gulden nicht

Hauptsache der Rütlischwur

Gespendet von Escher

Ist Stadtgespräch

Weil es so wertvoll

Und echt patriotisch ist –

Für meine Bilder bezahlt kein Schwein mir

600 Gulden

Und man hängt sie nicht ins Rathaus

Meine hübschen Landschaftsprospekte

Und Porträts

Stimme	(*aus dem Off*) Wer spontan annimmt

Hübsches Geschichtchen

Das wir da vernommen haben

Ist bestimmt in ein schwarzes Loch

Der Geschichte geplumpst

Und der allgemeinen

Erinnerung verdämmert

Der irrt

Der Dichterfürst

Doktor der Rechte

Und Geheimrat im fernen Weimar

Hatte Kunde von der Tat

Von Lavater Hess und Füssli
Im Jahre 1762
Wie Lavater berichtet hat
Und gibt den jungen Männern
Seinen hochdichterischen Segen
Indem er im nächsten Jahrhundert
In seiner Dichtung und Wahrheit
Seine angebliche Begeisterung
Für die Tat etwas verhaltener räsonniert
Doch immerhin erwähnt
,Für Deutschland
Fast noch auffallender und wichtiger
War das Unternehmen Lavaters
Gegen den Landvogt gewesen
Der ästhetische Sinn
Mit dem jugendlichen Mut verbunden
Strebte vorwärts
Und da man noch vor kurzem studierte
Wie zu Ämtern zu gelangen
So fing man nun an
Den Aufseher der Beamten zu machen
Und die Zeit war nah
Wo der Theater- und Romanendichter
Seine Bösewichter am liebsten
Unter Ministern und Amtsleuten aussuchte
Hieraus entstand eine halb eingebildete
Halb wirkliche Welt
Von Wirkung und Gegenwirkung
In der wir Späteren
Die heftigsten Angebereien
Und Verletzungen erlebt haben
Welche sich die Verfasser
Von Zeitschriften und Tagblättern

Mit einer Art von Wut

Unter dem Schein der Gerechtigkeit erlaubten

Und umso unwiderstehlicher

Dabei zu Werke gingen

Als sie das Publikum glauben machten

Vor ihm sei der wahre Gerichtshof

Töricht

Da kein Publikum eine exekutive Gewalt hat

Und in dem zerstückelten Deutschland

Die öffentliche Meinung

Niemanden nutzte oder schadete

Unter uns jungen Leuten

Liess sich zwar

Nichts von jener Art spüren

Welche tadelnswert gewesen wäre

Aber eine gewisse ähnliche Vorstellung

Hatte sich unser bemächtigt

Die aus Poesie Sittlichkeit und

Einem edlen Bestreben zusammengeflossen

Zwar unschädlich

Aber doch fruchtlos war

> *(Zitat aus Goethe, Aus meinem Leben.*
> *Dichtung und Wahrheit, 12. Buch)*

Johann Heinrich Füssli, Die drei Eidgenossen beim Schwur auf dem Rütli, 1779 – 1781, Oel auf Leinwand, 267 x 178 cm, Kunsthaus Zürich, Leihgabe des Kantons Zürich

Nachspiel

Mann 1, Mann 2

Mann 1 und Mann 2 stehen vor Füsslis Bild „Die drei Eidgenossen beim Schwur auf dem Rütli stehen, für kurze Zeit vor Ehrfurcht schweigend.

Mann 1   ,Die drei Eidgenossen
                Beim Schwur auf dem Rütli'
                Zu wissen wer der Mann war
                Der diesen Schinken malte
                Und aus welcher Situation heraus

Mann 1 bricht in ein Gelächter aus und Mann 2 sieht ihn fragend an.

Mann 1   Sieh dir das an
                Steh ruhig davor
                Lass das Bild auf dich wirken
                Was siehst du was empfindest du –
                Drei Männer bei Gewitterstimmung
                Eine Verschwörung
                Sympathisch sind sie mir alle Drei nicht
                Einer ein feistes Babyface
                In der Mitte der
                Eine Visage der man unbedingt
                Nicht trauen kann
                Der Dritte nun
                Mit schiefem Kopf und schiefem Blick

Und ohne viel Fantasie
Glaubt man an seinem linken Bein
Einen Klumpfuss zu erkennen
Hängt nicht an seinem Hintern
Der Ansatz eines Schwanzes
Und entströmt dem darunter liegenden Anus
Nicht Schwefelgeruch
Gefürchige Gesellen alle Drei
Und die dräuende Stimmung
Mit dem Gewittergrau
Mit dem beinahe blendenden Licht
In der Mitte
Bedrohlich wirkt das Ganze
So überhaupt nicht
Zuversichtlich oder hoffnungsvoll

Mann 2	Nicht so schnell nicht so schnell
Mann 1	Als ob Füssli

Die gnädigen Herren
Die ihn seinerzeit aus Zürich
Vertrieben hatten
Hätte karikieren wollen
Ehrlich dieser Füssli hat Humor
Und kann ihn satirisch
Zu Bilde bringen –
Füssli du Überlebenskünstler im Quadrat
Der du dich nicht unterkriegen lässt
Und der du mit heimlichlichem Spott
Nicht geizen tust
Und mit der Satire
Die die Auftraggeber
Nicht zu erkennen scheinen
Zu deiner Genugtuung
Sie deine Auftraggeber

Vom hohen Ross herunterholst
Und sie gewissermassen verspottest –
Historienmalerei wirft den Blick zurück
Bedeutet indem sie
Als Bild vor uns steht
Einen möglichen Schlüssel
Zu dem was gewesen sein könnte
Und regt im besten Falle an
Andere Aspekte zu sehen
Und zu bedenken
Wenn sie so gekonnt übertrieben
Und frech daherkommen
Wie bei Füssli –
Ist die Lebenscgeschichte Fueslis / Füsslis
Nicht köstlich
Ein Kämpfer und Sturkopf

Mann 2   The wild Swiss
Mann 1   Der sich immer treu gelieben ist
Und von seiner Sache so
Begeistert und überzeugt gewesen war
Dass er immer wusste was er tat
Und für uns Nachgeborene
Mit seinem Werk
Bei scharfen Blick darauf
Als Generator für
Neue Einsichten funktioniert
Wenn man erst mal
Über die zum Teil auf den ersten Blick
Als heillose Übertreibungen
Wahrgenommenen Formen
Hinwegsieht
Und den Humor darin erkennt –
Neulich habe ich

Schillers Wilhelm Tell wieder gelesen
Und da kam mir spontan ein Gedanken –
In der ersten Szene dieses Schauspiels
Berichtet Wolfenschiessen dass er
Um seine Frau vor Übergriffen zu schützen
Den übergriffigen Landvogt
Erschlagen habe
Und nun auf der Flucht sei –
Spontan flimmert jetzt
Durch mein Bewusstsein
Die Idee
Wie ähnlich das Erlebnis
Von Wolfenschiessen
Mit dem von Lavater Hess und Füssli ist
Die einen ungerechten Landvogt
Vertrieben hatten –
Tatsache ist dass Schiller
Den Stoff für seinen Wilhelm Tell
Von seinem Freund Goethe erhalten hat
Der zuerst selber darüber
Hatte schreiben wollen
Doch dann Abstand davon genommen hatte
Goethe als Freund von Lavater
Wusste über den so genannten
Grebelhandel aus erster Hand
Und hatte mit Schiller
Bestimmt auch darüber getratscht
Und Schiller hat sich
Durch diese Schilderung
Für die erste Szene
Seines Wilhelm Tell inspirieren lassen –
Die tatsächlichen und vermuteten
Vernetzungen sind bisweilen

	Echt erstaunlich –
	Ein witziger Zufall
	Hat mich auf Füsslis Werk und
Mann 2	Henry Fuselis Paintings
Mann 1	Auf diesen vergessenen Skandal
	Aufmerksam gemacht
	Mich animiert
	Sein Werk und sein Leben
	Scharf zu beobachten
	Was mir wiederum
	Spontane Reaktionen
	Gedanken Bedenken Ideen entlockte
	Die mich anregen und amüsieren
	Und belehren –
	Dass du Füssli
Mann 2	Henry Fuseli
Mann 1	Ein Überlebenskünstler warst
	Der immer Wege fand
	Sich selber treu zu bleiben
	Und zu überleben
	Der sich nie lumpen liess
	Ein fröhlicher Geselle
	Mit hübschen Wutanfällen
	Doch charmant und gut vernetzt
	Ein Mensch der seiner Zeit und der Nachwelt
	Nichts schuldig blieb und bleibt
	Füssli
Mann 2	Henry Fuseli
Mann 1	Die Beschäftigung mit deinem Werk
	Und deinem Leben
	Macht Mut
	Gibt Hoffnung –
	Auf dich und dein Werk

Müssen wir die Korken knallen lassen
Und feiern
Dass es dich gegeben hat
Wir deine Spuren bewundern können
Und sie uns nach wie vor beflügeln
(*zu Mann 2*) Ich bin dir ewig dankbar
Dass du mit deinem Fuseli
Nicht locker gelassen hast
Dafür verdienst du einen Kuss
Los los zum Champagner

Mann 1 packt den Kopf von Mann 2 mit beiden Händen. Drückt ihm einen schmatzenden Kuss auf die Stirne. Stellt den verdatterten Mann 2 vor das Bild, zückt sein Handy und schiesst ein Bild.